FR

Françoise Sagan,
Quoirez, est née à Cajarc, dans le Lot. Sa carrière de femme de Lettres commence en 1954 avec la publication de *Bonjour tristesse*. Ce roman, en abordant explicitement la sexualité féminine avec un style désinvolte et mordant, provoque un véritable scandale. Récompensé la même année par le prix des Critiques, il devient l'emblème de toute la génération d'après-guerre et propulse son auteur au devant de la scène littéraire.

Son œuvre compte aujourd'hui une trentaine de romans parmi lesquels *Aimez-vous Brahms...*, publié en 1959 et porté à l'écran en 1963 par Anatole Litvak, *Les merveilleux nuages* (1973), *Un orage immobile* (1983), *Les faux-fuyants* (1991) ou encore *Le miroir égaré* (1996).

Nouvelliste et auteur de théâtre, Françoise Sagan a écrit une dizaine de pièces et une biographie de Sarah Bernhardt publiée en 1987. Ce grand personnage de la scène culturelle française a également écrit le scénario du *Landru* de Claude Chabrol.

Passionnée de sport automobile, l'auteur de *Bonjour tristesse* a résidé de nombreuses années à Honfleur. En 1985, elle a reçu pour l'ensemble de son œuvre, le dix-neuvième prix de la Fondation du prince Pierre de Monaco.

Françoise Sagan s'est éteinte le 24 septembre 2004 à l'âge de 69 ans.

LE GARDE DU CŒUR

DU MÊME AUTEUR

CHEZ POCKET

Bonjour tristesse
Un certain sourire
Dans un mois, dans un an
Aimez-vous Brahms...
Les merveilleux nuages
La chamade
Le garde du cœur
La laisse
Les faux-fuyants
Un chagrin de passage
Derriere l'epaule

FRANÇOISE SAGAN

LE GARDE DU CŒUR

The earth hath bubbles
As the water has...

MACBETH
(Acte I, scène III)

JULLIARD

ISBN : 978-2-266-19002-2

A Jacques.

1

La route du bord de mer, à Santa Monica, près d'Hollywood, s'allongeait, droite, implacable, sous la ronronnante Jaguar de Paul. Il faisait chaud, tiède, l'air sentait l'essence et la nuit. Paul roulait à 150. Il en avait adopté le profil distrait des gens qui conduisent trop vite, et, sur ses mains, des gants habilement troués aux phalanges, comme ceux des grands conducteurs, des mains qui, de ce fait, me semblaient légèrement répugnantes.

Je m'appelle Dorothy Seymour, j'ai quarante-cinq ans, les traits légèrement tapés, car rien de ma vie ne l'a sérieusement empêché. Je suis scénariste — non sans succès — et je plais encore beaucoup aux hommes, probablement d'ailleurs parce qu'ils me plaisent aussi. Je suis une de ces affreuses exceptions qui font honte à Hollywood : à vingt-cinq ans, j'obtins, en tant qu'actrice, un succès foudroyant dans un film intellectuel, à vingt-cinq ans et demi, je partis croquer l'argent gagné avec un peintre de gauche en Europe, à vingt-sept ans, je revins inconnue, sans un dollar, et avec quelques procès sur les bras, dans ma ville natale : Hollywood. N'étant plus solvable, on arrêta là les procès et l'on décida de m'employer en tant que scénariste, l'énoncé de mon nom glorieux ne faisant plus aucune impression sur les foules ingrates. J'en fus plutôt ravie, les autographes, les photographes et les honneurs m'ayant toujours ennuyée. Je devins « Celle qui aurait pu » (comme certains chefs indiens). De plus, ma santé étant bonne et mon imagination fertile, les deux, grâce à un grand-père irlandais, je finis par avoir une certaine réputation dans la confection d'âneries en couleur, fort rémunératrices, semble-t-il, à mon grand étonnement. Les films historiques de la R.K.B. par exemple sont très souvent signés par moi et dans mes cauchemars je vois parfois s'approcher Cléopâtre, ulcérée, qui me déclare : « Non, Madame, je ne dirai pas : « Passez ô souverain de mon « cœur » à César ». »

En attendant, le souverain de mon cœur, de mon corps tout au moins, devait être

Paul Brett, ce soir-là, et j'en bâillais d'avance.

Paul Brett est pourtant fort bel homme. Il représente les intérêts de la R.K.B. et de diverses firmes cinématographiques. Il est élégant, agréable et beau comme une image. A tel point que Pamela Chris et Louella Schrimp, les deux plus grandes vamps de notre génération, celles qui depuis dix ans croquent sur les écrans la fortune des hommes, leur cœur et leur propre fume-cigarette, s'en sont successivement entichées et ont sombré dans les larmes après la rupture. Paul a donc un passé glorieux. Or, en le regardant ce soir-là, malgré les circonstances, je ne voyais en lui qu'un blondinet. Et un blondinet quadragénaire. Ce qui est déprimant. Mais il fallait bien se rendre : après huit jours de fleurs, de coups de téléphone, de sous-entendus et de sorties en commun, une femme de mon âge se doit de céder, tout au moins dans nos contrées. Le jour J était arrivé, nous filions à 140 vers ma modeste demeure, à deux heures du matin et, pour une fois, je déplorais âprement l'importance des rapports sexuels dans le comportement de l'individu. J'avais sommeil. Mais j'avais déjà eu sommeil la veille et trois jours avant, je n'en avais donc plus le droit. Le « Bien sûr, mon chou » compréhensif de Paul serait remplacé, je le sentais, par « Dorothy, qu'est-ce qui se passe, vous pouvez tout me dire... » inévitable. Donc à moi la joyeuse tâche de sortir la glace du Frigidaire, de retrouver la bouteille de scotch, de tendre un verre à Paul en faisant tinter joyeusement les glaçons et, enfin, de m'allonger dans une pose délicieuse, à la Paulette Goddard, sur le grand canapé du living-room. Là-dessus, Paul viendrait vers moi, m'embrasserait et me dirait après, l'air profond : « Cela devait arriver, n'est-ce pas, chérie ? » Eh oui, cela devait arriver.

Je poussai un horrible soupir. Et Paul, un cri étouffé.

Dans les phares, surgi comme un fou ou plutôt comme un de ces mannequins de paille disloqués que j'avais vus en France, dans les champs, un homme se jetait vers nous. Je dois dire que mon blondinet eut un fameux réflexe. Il freina à mort et jeta sa voiture dans le fossé de droite en même temps que sa belle compagne — je parle de moi. Je me retrouvai, après une suite de visions étranges, le nez dans l'herbe, mon sac à la main : chose curieuse, car je l'oublie généralement partout. (Quel réflexe me fit saisir ce réticule avant ce qui eût dû être un accident mortel, je ne le saurai jamais.) Toujours est-il que j'entendis la voix de Paul prononcer mon nom avec une angoisse flatteuse et que, rassurée sur son sort, je refermai les yeux, plus que soulagée. Le fou n'avait pas été touché, j'étais intacte, Paul aussi. Avec les formalités à accomplir, le choc nerveux, etc., j'avais une bonne chance de dormir seule ce soir-là. Je murmurai « tout va bien, Paul » d'une voix mourante et m'assis confortablement dans l'herbe.

« Dieu soit loué », s'écria Paul, qui employait volontiers de vieilles expressions romanesques, « Dieu soit loué, vous n'avez rien, ma chérie. J'ai cru un instant... » J'ignore ce qu'il avait cru un instant, mais celui d'après, dans un bruit infernal, nous roulions liés dans une folle étreinte à dix mètres de notre fossé. Assourdie à demi, aveugle et légèrement irritée, je me dégageai de ses bras pour voir flamber la Jaguar. Comme une torche, une torche très bien assurée, espérais-je pour lui. Paul se redressa à son tour.

« Mon Dieu, dit-il... l'essence.

— Y a-t-il encore quelque chose susceptible de sauter ? » demandai-je, non sans quelque humeur.

Et, brusquement, je me rappelai l'existence du fou. Peut-être brûlait-il en ce moment même. Je me précipitai, remarquai en me relevant que mes deux bas avaient filé et courus vers la route. Paul me suivait. Sur le macadam, une ombre s'allongeait, à l'abri du feu, mais immobile. Je ne vis d'abord que des cheveux bruns que l'incendie rendait roux, puis je le retournai sans aucun mal et je vis le visage d'un homme qui ressemblait à un enfant.

Qu'on me comprenne bien. Je n'ai jamais aimé, je n'aime pas, je n'aimerai jamais les très jeunes gens, ceux que l'on appelle les minets en Europe. Leur vogue croissante — chez beaucoup de mes amies, entre autres — m'a toujours paru étonnante. Presque freudienne. Des galopins qui sentent encore le lait n'ont pas à se blottir dans les bras des dames qui sentent le scotch. Cependant ce visage retourné sur la route, dans la lumière des flammes, ce visage jeune et déjà si dur, dans sa perfection, me remplit d'un curieux sentiment. J'eus en même temps l'envie de le fuir et de le bercer. Et je n'ai aucun complexe maternel : ma fille que j'ai adorée vit à Paris, heureusement mariée, avec une foule de petits marmots qu'elle ne pense qu'à me confier, l'été, quand il me prend l'idée de passer un mois sur la Riviera. Dieu merci, je voyage rarement seule et je puis ainsi attribuer au sens des convenances mes défaillances maternelles. Pour en revenir à cette nuit-là et à Lewis, car le fou, le mannequin des champs, l'homme évanoui, le beau visage, s'appelait Lewis, je restai immobile, un instant devant lui, sans même poser la main sur son cœur, ni vérifier s'il vivait. Il me semblait sans importance, à le regarder, qu'il fût vivant ou mort. Sentiment inconcevable sans doute et que je devais regretter amèrement plus tard, mais pas dans le sens où on pourrait le croire.

« Qui est-ce ? » dit Paul sévèrement.

S'il y a quelque chose d'admirable dans les gens d'Hollywood, c'est cette manie de vouloir connaître ou reconnaître tout le monde. Paul trouvait désagréable de ne pas pouvoir appeler par son nom le garçon qu'il avait failli écraser au milieu de la nuit. Je m'énervais :

« Nous ne sommes pas dans un cocktail, Paul. Croyez-vous qu'il soit blessé ?... Ah !... »

Cette chose brune qui coulait sous la tête de l'inconnu et sur ses mains, c'était du sang. J'en reconnaissais la chaleur, le contact poisseux, la terrifiante douceur. Paul le vit en même temps que moi :

« Je ne l'ai pas touché, dit-il, ça, je suis sûr. Il a dû recevoir dans l'explosion un morceau de la voiture. »

Il se leva, il avait une voix tranquille, ferme. Je commençais à comprendre vaguement les sanglots de Louella Schrimp.

« Ne bougez pas, Dorothy, je vais téléphoner. »

Il partit à grands pas vers les ombres noires des maisons, plus loin. Je restai seule sur la route, agenouillée près de cet homme qui mourait peut-être. Tout à coup, il ouvrit les yeux, me regarda et me sourit.

2

« DOROTHY, êtes-vous complètement folle ? »

C'est le genre de questions auxquelles j'ai le plus de mal à répondre. De plus, elle m'était posée par Paul qui, vêtu d'un élégant blazer bleu sombre, me regardait sévèrement. Nous étions sur la terrasse de ma demeure et j'étais en tenue de jardinage : vieux pantalon de toile, blouse à fleurs fanées et fichu autour des cheveux. Non que j'aie jamais jardiné de ma vie, la seule vue d'un sécateur m'épouvante, mais j'adore me déguiser. Tous les samedis soir donc, je m'habille en jardinière comme mes voisins, mais au lieu de poursuivre une tondeuse affolée sur une pelouse ou de sarcler des plates-bandes rebelles, je m'installe sur ma terrasse, devant un grand whisky, un livre à la main. C'est dans cette occupation que m'avait, de 6 à

8, surprise Paul. Je me sentais coupable et négligée, deux sentiments à peu près égaux en violence.

« Vous savez que tout le monde parle de votre dernière extravagance en ville ?

— Tout le monde, tout le monde, répétai-je d'un air aussi incrédule que modeste.

— Au nom du Ciel, que fait ce garçon chez vous ?

— Mais, il se remet, Paul, il se remet. Il a quand même la jambe très abîmée. Et vous savez bien qu'il n'a ni un dollar, ni une famille, ni rien. »

Paul prit sa respiration :

« C'est précisément ce qui m'inquiète, ma chère. Y compris le fait que votre beatnik était bourré de L.S.D. quand il s'est jeté sous ma voiture.

— Mais voyons, Paul, il vous l'a expliqué lui-même. Sous l'influence de ses petites drogues, il ne vous a ni reconnu ni vu comme une voiture. Il a pris les phares pour... »

Paul devint rouge, brusquement.

« Je me moque de ce qu'il a cru. Cet imbécile, ce petit voyou manque nous faire tuer et, le surlendemain, vous l'hébergez chez vous, vous l'installez dans votre chambre d'amis et vous lui montez ses repas. Et s'il vous tue, un jour, vous prenant pour un poulet ou Dieu sait quoi ? Et s'il file avec vos bijoux ? »

Je m'insurgeai :

« Voyons, Paul, personne ne m'a jamais prise pour un poulet. Quant à mes bijoux, les pauvres, ce n'est pas une fortune. Enfin, on ne pouvait pas le laisser à la rue, à demi infirme en plus.

— Vous pouviez le laisser à l'hôpital.

— Il trouvait cet hôpital lugubre et j'avoue qu'il l'était. »

Paul prit un air découragé et s'assit sur le fauteuil de rotin en face de moi. Il prit même mon verre machinalement et en but la moitié. Bien que très agacée, je le laissai faire. Il était visiblement à bout de nerfs. Il me jeta un regard bizarre :

« Vous avez jardiné ? »

Je hochai la tête d'une façon affirmative, plusieurs fois. Il est curieux de constater comme certains hommes vous obligent toujours à leur mentir. Je ne pouvais absolument pas expliquer à Paul mes innocentes occupations du samedi. Il m'aurait taxée de folle, une fois de plus, et je commençai à me demander s'il n'avait pas raison.

« Ça ne se voit pas », reprit-il, après un coup d'œil circulaire.

Mon misérable bout de jardin est effectivement une jungle. Mais je pris néanmoins l'air vexé.

« Je fais ce que je peux, dis-je.

— Qu'avez-vous dans les cheveux ? »

Je passai la main dans mes cheveux et en retirai deux ou trois copeaux de bois, blancs et minces comme des feuilles. Je restai ahurie :

« Ce sont des copeaux, dis-je.

— Je le vois bien, dit Paul, acerbe. De plus il y en a pas mal par terre. En dehors du jardinage, vous vous livrez à la menuiserie ? »

Au même instant, un léger copeau descendit du ciel et se posa sur sa tête. Je levai brusquement les yeux.

« Ah ! oui, dis-je, je sais. C'est Lewis qui sculpte une tête en bois, sur son lit, pour se distraire.

— Et il envoie gracieusement ses épluchures par la fenêtre ? C'est exquis. »

Je commençai à être un peu nerveuse, moi aussi. J'avais peut-être eu tort d'installer Lewis chez moi, mais après tout, c'était charitable, provisoire et sans arrière-pensée. Et Paul n'avait aucun droit sur moi. Je me décidai donc à le lui signifier. Il me répondit qu'il avait sur moi les droits qu'a tout homme sensé sur une femme inconsciente, c'est-à-dire le devoir de la protéger et autres fadaises... Nous nous disputâmes, il partit furieux et me laissa accablée de fatigue dans mon fauteuil de rotin, devant un whisky tiède. Il était six heures du soir, les ombres s'allongeaient déjà sur la pelouse encombrée d'herbes folles et ma soirée s'annonçait vide, ma dispute avec Paul me privant de la party où nous devions nous rendre ensemble. Il me restait la télévision qui m'ennuie généralement assez et les quelques borborygmes qu'émettrait Lewis quand je lui monterai son dîner. Je n'avais jamais vu un être aussi silencieux. Il ne s'était exprimé clairement que pour annoncer sa décision de quitter l'hôpital, le surlendemain de l'accident, et il avait accepté, comme allant de soi, mon hospitalité. J'étais de très bonne humeur ce jour-là, un peu trop sans doute, dans un de ces moments assez rares, Dieu merci, où il vous semble que tous les hommes sont vos frères et vos enfants à la fois et qu'il faut s'en occuper. Depuis sa sortie, je nourrissais Lewis, allongé mollement sur un lit, chez moi, la jambe entourée de pansements qu'il renouvelait lui-même. Il ne lisait pas, n'écoutait pas la radio, ne parlait pas. De temps en temps, il confectionnait un objet bizarre, à base du bois des branches mortes que je lui remontais du jardin. Ou il regardait par la fenêtre obstinément, le visage impassible. Je me demandais, d'ailleurs, s'il n'était pas complètement idiot, et cette idée, jointe à sa beauté, me semblait des plus romantiques. Quant à mes quelques timides questions concernant son passé, son but, sa vie, elles s'étaient attirées toujours la même réponse : « Ce n'est pas intéressant. » Il s'était trouvé sur la route devant notre voiture, une nuit, il s'appelait Lewis, un point c'était tout. Au demeurant, je trouvais ça très reposant : les récits me fatiguent et Dieu sait que les gens ne me les épargnent généralement pas.

J'entrai donc dans ma cuisine, confectionnai rapidement un délicieux dîner à base de boîtes de conserves et montai l'escalier. Je frappai à la porte de Lewis, entrai et posai le plateau sur son lit. Lequel était jonché de copeaux de bois. Me rappelant celui qui était tombé sur la tête de Paul, je me mis à rire. Lewis leva les yeux d'un air intrigué. Il avait les yeux fendus comme un félin, d'un bleu-vert extrêmement clair, sous des sourcils noirs, et je pensais, machinalement chaque fois, que la Columbia l'engagerait illico sur ce seul regard.

« Vous riez ? »

Il avait une voix basse, un peu rauque, hésitante.

« Je ris parce que Paul a reçu un de vos copeaux sur la tête tout à l'heure, par la fenêtre, et qu'il en était indigné.

— Ça lui a fait très mal ? »

Je le regardai, ahurie. C'était bien la première plaisanterie à laquelle il se livrait, ou du moins j'espérais que c'en fût une. J'émis un petit rire niais et je me sentis horriblement mal à l'aise. Paul avait raison, après tout. Que faisais-je avec ce jeune cinglé, seule dans une maison isolée, un samedi soir ? J'aurais pu être en train de danser ou de rire avec des amis, j'aurais même pu flirter un peu avec ce cher Paul ou un autre...

« Vous ne sortez pas ?

— Non, dis-je, amèrement. Je ne vous dérange pas ? »

Aussitôt, je regrettai ma phrase. Elle était contraire à toutes les lois de l'hospitalité. Mais Lewis, là, se mit à rire, d'un rire enfantin, cordial, ravi. Il eut brusquement son âge, brusquement une âme, par la seule vertu de ce rire.

« Vous vous ennuyez beaucoup ? »

La question me prit à l'improviste. Sait-on jamais si l'on s'ennuie beaucoup ou un peu, ou inconsciemment, dans ce bizarre fatras qu'est l'existence ? Je fis une réponse bourgeoise :

« Je n'ai pas le temps. Je suis scénariste à la R.K.B. et je...

— Là-bas ? »

Il eut un mouvement du menton vers la gauche qui désignait indistinctement la baie scintillante de Santa Monica, Beverly Hills, l'immense faubourg de Los Angeles, les studios, les bureaux de production, et qui les englobait tous dans le même mépris. Mépris est un mot un peu fort, mais c'était pis que de l'indifférence.

« Là-bas, oui. Je gagne ma vie comme ça. »

Je m'énervais. En l'espace de trois minutes, à cause de cet inconnu, je m'étais sentie mesquine d'abord, puis inutile. Car, en fait, où me menait ce métier stupide sinon à un petit tas de dollars chaque mois amassés et chaque mois, d'ailleurs, dépensés ? Néanmoins, il était indécent de ressentir ce sentiment de culpabilité procuré par un polisson sûrement incapable et abonné au L.S.D. Je n'ai rien contre ce genre de médicaments, mais je n'aime pas qu'on transforme ses goûts en une philosophie presque toujours méprisante, du reste, envers ceux qui ne les partagent pas.

« Gagner sa vie, répéta-t-il rêveusement... Gagner sa vie...

— C'est la mode, dis-je.

— Quel dommage ! Moi j'aurais aimé vivre à Florence quand il y avait plein de gens qui faisaient vivre les autres, comme ça, pour rien.

— Ils faisaient vivre des sculpteurs ou des peintres ou des écrivains. Vous pratiquez un de ces arts ? »

Il hocha la tête :

« Ils faisaient peut-être vivre aussi des gens qui leur plaisaient, simplement pour rien. »

Je me mis à rire d'un rire cynique, très Bette Davis.

« Vous pourriez très bien trouver cela ici, actuellement. »

Et j'eus le même mouvement de tête que lui, tout à l'heure, vers la gauche. Il ferma les yeux.

« J'ai dit « pour rien ». Ça, ce n'est pas rien. »

Il avait dit « ça » d'une voix si convaincue que je me posai brusquement plein de questions plus romanesques les unes que les autres à son sujet. Et que savais-je de lui ? Avait-il aimé quelqu'un à la folie ? enfin ce qu'on appelle la folie et qui m'a toujours paru la seule forme sensée de l'amour. Etait-ce vraiment le hasard, la drogue ou bien le désespoir qui l'avait jeté sous les roues de la Jaguar ? Etait-il en train de guérir — de reposer — son cœur en même temps que sa jambe ? Et les regards obstinés qu'il jetait vers le ciel y discernaient-ils un visage ? Un réflexe affreux me fit souvenir tout à coup que j'avais utilisé cette dernière formule dans la vie de Dante, superproduction en couleur où j'avais eu le plus grand mal à introduire une pointe d'érotisme. Une voix off s'élevait tandis que le pauvre Dante, assis à son bureau rustique et moyenâgeux, relevait la tête d'un manuscrit dentelé, une voix qui murmurait : « Les regards obstinés qu'il jetait vers le ciel y discernaient-ils un visage ? » Question que les spectateurs devaient résoudre eux-mêmes d'ailleurs et, je l'espère, par l'affirmative.

Ainsi donc, j'en étais arrivée à penser comme j'écrivais, ce qui m'eût enchantée si j'avais eu la moindre prétention à la littérature ou le moindre talent. Hélas... je regardai Lewis. Il avait rouvert les yeux, il me fixait.

« Quel est votre nom ?

— Dorothy, Dorothy Seymour. Je ne vous l'avais pas dit ?

— Non. »

J'étais assise au pied de son lit, l'air du soir rentrait par la fenêtre, cet air chargé de l'odeur de la mer, odeur si puissante, si immuable à présent depuis quarante-cinq ans que je la respirais, presque cruelle dans sa constance. Combien de temps la respirerai-je encore avec volupté, combien de temps encore avant que ne vienne la nostalgie des années passées, des baisers, la chaleur des hommes ? Je devrais épouser Paul. Je devrais abandonner cette confiance illimitée en ma bonne santé, en mon équilibre moral. Il est facile d'être bien dans sa peau quand quelqu'un a envie de toucher cette peau, de s'y réchauffer, mais après ? Oui, après ? Après il y aurait les psychiatres sans doute et cette seule idée me levait le cœur.

« Vous avez l'air triste », dit Lewis et il prit ma main, la regarda. Je la regardai aussi. Nous regardâmes ma main avec un intérêt commun, cocasse, inattendu. Lui la regardait parce qu'il ne la connaissait pas, moi parce qu'elle avait un autre aspect entre les doigts de Lewis : elle avait l'air d'un objet, elle ne m'appartenait plus. Jamais personne ne m'avait tenu la main d'une manière aussi peu trouble.

« Vous avez quel âge ? » dit-il.

A ma grande stupeur, je m'entendis répondre la vérité :

« Quarante-cinq ans.

— Vous avez de la chance », dit-il.

Je le regardais ahurie. Il devait avoir vingt-six ans, peut-être moins.

« De la chance ? Pourquoi ?

— D'être arrivée jusque-là. C'est une bonne chose de faite. »

Il lâcha ma main ou, plus exactement (c'est l'impression que cela me fit), il la raccrocha à mon poignet. Puis il tourna la tête et ferma les yeux. Je me levai :

« Bonsoir, Lewis.

— Bonsoir, dit-il, doucement. Bonsoir, Dorothy Seymour. »

Je fermai la porte doucement et redescendis sur la terrasse. Je me sentais étrangement bien.

3

« TOI, vois-tu, je ne m'en remettrai jamais. Jamais je ne pourrai m'en remettre.

— On se remet de tout.

— Non. Il y a eu entre toi et moi quelque chose d'inexorable, tu le sens bien. Tu... dois le savoir. Tu ne peux pas ne pas le savoir. »

J'interrompis ce passionnant dialogue, dernier-né de ma création, et jetai un coup d'œil interrogateur à Lewis. Il haussa les sourcils, sourit.

« Vous y croyez, vous, aux choses inexorables ?

— Il ne s'agit pas de moi, il s'agit de Franz Liszt et de...

— Mais vous ? »

Je me mis à rire. Je savais que la vie m'avait semblé inexorable parfois et certaines amours m'avaient laissé penser qu'effectivement je ne m'en remettrais jamais. Et j'étais là, à quarante-cinq ans, dans mon jardin, de fort bonne humeur et n'aimant personne.

« Je l'ai cru, dis-je. Et vous ?

— Pas encore. »

Il ferma les yeux. Petit à petit nous avions commencé à parler, de lui, de moi, de nos vies. Quand je rentrais du studio, le soir, Lewis descendait de sa chambre, appuyé sur deux cannes, s'allongeait sur le fauteuil de rotin et nous regardions le soir descendre en buvant quelques scotches. J'étais ravie de le retrouver en rentrant, tranquille, bizarre, à la fois gai et taciturne comme un animal inconnu. Ravie sans plus. Je n'étais en aucune manière amoureuse de lui et, curieusement, en d'autres circonstances, sa beauté même m'eût effrayée, presque répugnée. J'ignore pourquoi : il était trop lisse, trop mince, trop parfait. Absolument pas efféminé, mais il me faisait penser à cette race élue dont parle Proust : ses cheveux avaient l'air de plumes, sa peau d'un tissu. Bref, il n'avait rien de cette rudesse enfantine qui m'attire chez les hommes. Je me demandais même s'il se rasait, s'il avait besoin de se raser.

A l'entendre, il venait d'une famille puritaine du nord des U.S.A. Après quelques études des plus vagues, il était parti à pied, avait fait les divers métiers que peut faire un jeune homme qui se promène et il avait abouti à San Francisco. Une rencontre avec des galopins de son genre, une dose trop forte de L.S.D., une virée en voiture et une bagarre l'avaient amené où il était : chez moi. Quand il serait guéri, il repartirait, il ne savait pas où. En attendant, nous parlions de la vie, de l'art — il était cultivé, avec des carences inouïes —, bref nous avions les relations les plus civilisées et les plus saugrenues aux yeux de la foule que deux êtres humains puissent avoir. Mais s'il me questionnait sans cesse sur mes amours défuntes, Lewis ne parlait jamais des siennes et c'était là la seule ombre, la plus inquiétante d'ailleurs chez un garçon de cet âge. Il disait « les femmes » ou « les hommes » sur le même ton, détaché et sans saveur. Et moi qui, à mon âge, ne pouvais dire « les hommes » sans une inflexion de tendresse, sans un mouvement attendri et confus de la mémoire, je me sentais par instants indécente et glacée.

« Quand avez-vous ressenti cette impression d'inexorable ? dit Lewis. Quand votre premier mari est parti ?

— Mon Dieu, non, là j'étais plutôt soulagée. Voyez-vous, l'art abstrait, tout le temps, tout le temps... Mais quand Frank est parti, là, oui, j'étais comme un animal malade.

— Qui est Frank ? Le second ?

— Oui, le second. Il n'avait rien d'exceptionnel mais il était si gai, si tendre, si heureux...

— Et il vous a quittée ?

— Louella Schrimp s'est toquée de lui. »

Il haussa les sourcils, intrigué.

« Vous avez quand même entendu parler de l'actrice nommée Louella Schrimp ? »

Lewis fit un geste vague qui m'indigna, mais je passai outre.

« Bref, Frank fut flatté, ravi et il me quitta pour l'épouser. Là, comme Marie d'Agoult, je crus que je ne m'en remettrais jamais. Pendant plus d'un an. Ça vous étonne ?

— Non. Qu'est-il devenu ?

— Louella s'est toquée d'un autre deux ans après et elle l'a laissé tomber. Il a tourné trois navets et il s'est mis à boire. Point final. »

Il y eut une seconde de silence. Lewis poussa un faible gémissement et essaya de se tirer de son rocking-chair. Je m'alarmai :

« Ça ne va pas ?

— Je souffre, dit-il. J'ai l'impression que je ne pourrai jamais remarcher. »

J'envisageai une seconde la cohabitation éternelle avec lui, infirme, et, chose curieuse, cette éventualité ne me parut ni absurde ni déplaisante. J'étais peut-être arrivée à l'âge de me mettre un fardeau sur les bras. Après tout, je me serais bien défendue, j'aurais bien lutté et longtemps.

« Vous resterez là, lui dis-je gaiement. Et quand vos dents tomberont, je vous ferai des bouillies.

— Pourquoi mes dents tomberaient-elles ?

— Il paraît que cela arrive lorsque l'on reste étendu trop longtemps. J'avoue que c'est paradoxal. Elles devraient tomber quand on est en station verticale, dans le sens de la gravité. Mais non. »

Il me jeta un regard oblique, un peu semblable à ceux de Paul, mais en plus aimable.

« Vous, vous êtes drôle, dit-il. Moi, voyez-vous, je n'aurais jamais pu vous quitter. »

Là-dessus, il ferma les yeux, demanda des poèmes d'une voix éteinte, et j'allai chercher de quoi lui plaire dans ma bibliothèque. C'était aussi un de nos rites. Je récitai doucement, d'un ton bas, pour ne pas le réveiller ou ne pas le choquer, les poèmes de Lorca sur Walt Whitman :

Le ciel a des plages où éluder la vie présente et il est des corps qui ne doivent reparaître à l'aurore.

4

J'ETAIS en plein travail lorsque j'appris la nouvelle. Plus exactement, je dictais à ma secrétaire le palpitant dialogue de Marie d'Agoult et de Franz Liszt, par moi imaginé, encore que sans entrain, car j'avais appris la veille que ce serait Nodin Duke qui incarnerait Liszt et je voyais mal ce que ferait du rôle ce costaud brun et musclé. Mais le cinéma a de ces erreurs fatales, funambulesques et dadaïstes. Bref, je murmurais « quelque chose d'irrémédiable » dans l'oreille de ma chère secrétaire en pleurs — elle est excessivement sensible — lorsque le téléphone sonna. Elle décrocha, se moucha bruyamment et se tourna vers moi :

« C'est M. Paul Brett, madame, il dit que c'est urgent. »

Je pris le téléphone.

« Dorothy ? Vous savez la nouvelle ?

— Non. Enfin je ne pense pas.

— Ma chère amie... euh... Frank est mort. »

Je restai silencieuse. Il s'énerva :

« Frank Saylor. Votre ex-mari. Il s'est tué cette nuit.

— Ce n'est pas vrai », dis-je.

Et je le pensais. Frank n'avait jamais eu aucune sorte de courage. Tous les charmes, mais aucune sorte de courage. Et, à mon sens, il faut beaucoup de courage pour se tuer. Il suffit de penser au nombre de gens qui n'ont que ça à faire et n'y parviennent pas.

« Si, reprit la voix de Paul. Il s'est tué ce matin dans un motel minable, près de chez vous. Aucune explication. »

Mon cœur battait lentement, lentement. Si fort et si lentement. Frank... la gaieté de Frank, le rire de Frank, la peau de Frank... Mort. C'est étrange comme la mort de quelqu'un de superficiel vous choque plus que la mort de quelqu'un de sérieux. Je ne pouvais pas y croire.

« Dorothy... vous m'entendez ?...

— Je vous entends.

— Dorothy, il faut que vous veniez. Il n'avait pas de famille et Louella est à Rome comme vous savez. Je suis désolé,

Dorothy, il faut que vous veniez pour les formalités. Je passe vous chercher. »

Il raccrocha. Je tendis le récepteur à ma secrétaire — Candy est son nom, Dieu sait pourquoi — et me rassis. Elle me regarda et, avec ce sens de l'opportunité qui me la rend si précieuse, elle se leva, ouvrit un tiroir marqué « archives » et me tendit débouchée la bouteile de Chivas qui s'y trouve en général. J'en bus distraitement une grande rasade. Je sais pourquoi on donne de l'alcool aux gens qui sont en état de choc, c'est parce que l'alcool, dans ces cas-là, est franchement mauvais et qu'il réveille chez vous un instinct de révolte physique, de refus, qui vous sort plus facilement de l'hébétude qu'autre chose. Le whisky me brûla la gorge, le palais, et je me réveillai, horrifiée.

« Frank est mort », dis-je.

Candy retomba dans son mouchoir. Il est vrai que j'avais eu largement le temps, chaque fois que l'inspiration me faisait défaut, de lui raconter ma pauvre vie. Elle aussi, d'ailleurs. Bref, elle savait qui était Frank et j'en tirai un certain réconfort. Je n'aurais pu supporter en cet instant où j'apprenais sa mort la compagnie de quelqu'un qui en eût ignoré l'existence. Et, pourtant, Dieu sait que le pauvre avait disparu depuis longtemps, bien plus oublié d'ailleurs du fait qu'il avait été connu. C'est une chose affreuse la gloire, ici, quand elle ne dure pas, c'est une chose répulsive. Par le vague entrefilet qu'on lui consacrerait, par les vagues échos que son suicide engendrerait, distraits, méchants, à peine pitoyables, Frank, qui avait été le beau Frank, le mari envié de Louella Schrimp, Frank, qui avait ri avec moi, allait mourir deux fois.

Paul fut là très vite. Il me prit le bras amicalement, ne se livra à aucune embrassade qui — je le savais — m'eût jetée illico dans les larmes. J'ai toujours gardé de l'affection, de la tendresse pour les hommes avec qui j'ai couché, bien ou mal. C'est assez rare, semble-t-il. Mais en une nuit, dans un lit, il y a toujours un moment où l'on est plus proche de l'homme qui les partage avec vous que du reste de la terre, et personne ne me fera croire le contraire. Ces corps d'hommes, si vaillants ou si désarmés, si différents et si semblables, si soucieux de n'être pas semblables, justement... Je pris donc le bras de Paul et nous partîmes. J'étais assez soulagée, aussi, de n'avoir jamais aimé Paul... dans cette reconnaissance du passé que j'allais effectuer, je n'aurais rien pu supporter qui me fût réellement présent.

Frank gisait, endormi, indifférent, mort. Il s'était tiré une balle dans le cœur, à deux centimètres, son visage était donc intact. Je lui dis adieu, sans trop de mal, comme j'imagine qu'on dit adieu à quelque chose de soi, qui a été soi, et qu'un obus, une opération ou un vilain réflexe vous enlève. Il était toujours châtain, c'est étrange, je n'ai jamais vu un homme aussi châtain, couleur pourtant banale. Puis Paul décida de me ramener à la maison. J'obéis. Il était quatre heures de l'après-midi, le soleil nous brûlait le visage dans la nouvelle Jaguar de Paul et je pensais qu'il ne brûlerait jamais plus le visage de Frank, lui qui l'avait tant aimé. On est assez mesquin avec les morts : à peine le sont-ils qu'on les enferme dans des boîtes noires, bien fermées, puis dans la terre. On s'en débarrasse. Ou bien on les maquille, on les défigure, on les expose aux pâles lueurs de l'électricité, on les transforme en les figeant. Il me semble qu'on devrait les exposer au soleil dix minutes, les mener au bord de la mer, s'ils l'ont aimée, leur offrir la terre, en fait, une dernière fois, avant qu'ils ne s'y mêlent à jamais. Mais non, on les punit de leur mort. Au mieux, leur jouet-on un peu de Bach, de musique religieuse que généralement ils n'aimaient pas. Je me sentais abasourdie de mélancolie lorsque Paul me déposa à ma porte.

« Voulez-vous que je rentre un moment avec vous ? »

Je hochai la tête, machinalemennt, puis je me souvins de Lewis. Oh ! et puis cela n'avait pas d'importance ! Il m'était parfaitement égal que Paul et lui se regardent en chiens de faïence, parfaitement égal qu'ils pensent l'un ou l'autre quoi que ce soit. Paul me suivit donc jusqu'à la terrasse où, allongé sur un rocking-chair, Lewis, immobile, regardait les oiseaux. Il me fit un signe de la main, de loin, qu'il interrompit en voyant Paul. Je montai les marches de la véranda, m'arrêtai en face de lui.

« Lewis, dis-je, Frank est mort. »

Il tendit la main, toucha mes cheveux d'un geste hésitant et brusquement je craquai. Je tombai à genoux, à ses pieds, et je me mis à sangloter contre cet enfant ignorant des peines humaines. Sa main effleurait mes cheveux, mon front, ma joue mouillée, il ne disait rien. Quand je me fus calmée, je relevai la tête. Paul était parti sans un mot. Et je réalisai tout à coup que je n'avais pas pleuré devant lui pour une affreuse et pitoyable raison : c'est qu'il le souhaitait.

« Je ne dois pas être belle à voir », dis-je à Lewis.

Je le regardai en face. Je savais que mes yeux étaient gonflés, mon rimmel envolé, mes traits déformés. Et pour la première fois de ma vie, devant un homme, cela ne me gênait pas du tout. Dans le regard de Lewis, dans le reflet moral qu'il me renvoyait de moi, je ne voyais qu'une enfant en pleurs, moi Dorothy Seymour, âgée de quarante-cinq ans. Il y avait quelque chose en lui, quelque chose d'obscur, d'effrayant et de rassurant tout à la fois, quelque chose qui reniait les apparences.

« Vous avez de la peine, dit-il songeusement.

— Je l'ai aimé longtemps.

— Il vous a quittée, il a été puni, dit-il brièvement. C'est la vie. »

Je me récriai :

« Vous êtes puéril. La vie n'est pas si puérile que vous, Dieu merci.

— Elle peut l'être. »

Il ne me regardait plus, il avait repris sa contemplation des oiseaux, l'air distrait, presque ennuyé. Je pensai un instant que sa compassion n'allait pas loin, je regrettai l'épaule de Brett, les souvenirs de Frank que nous aurions pu évoquer, la manière dont il aurait par moments épongé mes larmes, bref l'affreuse comédie sentimentale et larmoyante que nous aurions pu jouer ensemble sur cette même véranda. A la fois, j'étais curieusement fière de m'en être abstenue. Je rentrai dans la maison, le téléphone sonnait.

Il ne cessa de sonner de la soirée. Mes ex-amants, mes amis, ma pauvre secrétaire, les partenaires de Frank, les journalistes (rares ceux-là), tous se cramponnaient à mon téléphone. On savait déjà que Louella Schrimp, apprenant la nouvelle à Rome, en avait profité pour s'évanouir et quitter le plateau en compagnie de son nouveau gigolo italien. J'étais vaguement écœurée de tout ce remue-ménage. Aucun de ceux-là, qui à présent se lamentaient, n'avait jamais aidé Frank. C'est moi qui, au mépris de toutes les lois américaines sur le divorce, l'avais aidé matériellement jusqu'à la fin. Le coup de grâce me fut porté par Jerry Bolton, le grand patron des *Assembled Actors*. Ce personnage, répugnant s'il en était, m'avait intenté procès sur procès, lors de mon retour d'Europe, avait essayé de me conduire à la famine, puis, réduit à l'impuissance, s'était rabattu sur Frank dès que Louella l'eut mis en disgrâce. C'était un être hargneux, tout-puissant, proche de l'abjection et qui savait que je le haïssais cordialement. Il eut l'insolence de me téléphoner :

« Dorothy ? Je suis navré. Je sais que vous aimiez beaucoup Frank et je...

— Je sais que vous l'avez jeté dehors, Jerry, et que vous l'avez pratiquement fait interdire partout. Raccrochez, s'il vous plaît, je déteste être grossière. »

Il raccrocha. La colère me faisait du bien. Je rentrai dans le salon et j'expliquai à Lewis toutes mes raisons de haïr Jerry Bolton et ses dollars et ses ukases.

« Si je n'avais pas eu quelques bons amis et une santé de fer, il m'aurait menée au suicide, comme il y a mené Frank. C'est le pire hypocrite salaud de son espèce. Je n'ai jamais souhaité la mort de personne, mais je souhaiterais presque la sienne. Il est bien pour moi le seul être humain dans ce cas. »

Ainsi achevai-je mon discours.

« C'est que vous n'êtes pas assez exigeante, ma chère, dit Lewis distraitement. Il y en a sûrement d'autres. »

5

J'ETAIS assise dans mon bureau de la R.K.B., aussi nerveuse qu'un chat, fixant le téléphone. Candy était pâle d'émotion. Seul Lewis, installé dans le fauteuil du visiteur, semblait calme et presque ennuyé. Nous attendions ensemble le résultat de son bout d'essai.

Il s'était brusquement décidé un soir, quelques jours après la mort de Frank. Il s'était levé, avait fait trois pas très droit, facilement, comme s'il n'avait jamais été blessé, et s'était arrêté devant moi, ahurie.

« Vous voyez, je suis guéri. »

Je m'étais rendu compte alors que je m'étais tellement habituée à sa présence, à sa demi-infirmité que je n'avais jamais envisagé cela : cela qui arrivait. Il allait me dire « au revoir », « merci », et disparaître au coin de la maison, je ne le reverrais plus. Et une curieuse douleur me serrait le cœur.

« C'est une bonne nouvelle, dis-je, faiblement.

— Vous trouvez ?

— Mais oui. Qu'est-ce que... qu'allez-vous faire à présent ?

— Ça dépend de vous », dit-il tranquillement. Et il alla se rasseoir.

Je respirai. Du moins ne partait-il pas tout de suite ! En revanche, sa phrase m'intriguait. En quoi le destin d'un être aussi volatile, indifférent, libre que lui, pouvait-il dépendre de moi ? Je n'avais jamais été pour lui qu'une sorte d'infirmière, en somme.

« Si je reste ici, il faudra quand même que je travaille, reprit-il.

— Vous voulez vous fixer à Los Angeles ?

— J'ai dit « ici », reprit-il sévèrement en désignant du menton la véranda et son fauteuil. Puis il ajouta, après un temps : « Si ça ne vous dérange pas, évidemment. »

Je laissai tomber ma cigarette, la ramassai et me levai en marmonnant quelque chose du genre « eh bien, dites-moi, ah ! ça alors, allons bon, si je m'attendais », etc. Il me regardait sans bouger. Horriblement gênée, ce qui était quand même un comble, je m'enfuis vers la cuisine et avalai au goulot une énorme rasade de scotch. Je finirais alcoolique si je ne l'étais déjà. Un peu raffermie, je revins sur la véranda. Il était temps que j'explique à ce garçon que je vivais seule par goût, par décision et que je n'avais pas besoin d'un jeune homme de compagnie. Que, de plus, sa présence m'empêchait de ramener mes soupirants chez moi, ce qui était bien ennuyeux. Et que, troisièmement, troisièmement, troisièmement... Bref, qu'il n'y avait aucune raison pour qu'il reste là. J'étais aussi indignée brusquement par sa décision de rester que j'avais été désolée deux minutes plus tôt à l'idée de son départ. Mais je n'en étais plus à m'étonner de mes propres contradictions.

« Lewis, dis-je, il est temps que nous parlions un peu.

— Ce n'est pas la peine, dit-il, si vous ne voulez pas que je reste, je pars.

— Ce n'est pas ça, dis-je, déconcertée.

— Qu'est-ce que c'est d'autre ? »

Je le regardai bouche bée. Oui, qu'était-ce d'autre ? D'autre part, ce n'était pas ça. Je ne désirais pas qu'il parte. Je l'aimais bien.

« Ce n'est pas convenable », dis-je faiblement.

Il éclata de rire, ce rire qui le rajeunissait tellement. Je m'énervai :

« Tant que vous étiez malade, blessé, il était normal que je vous recueille. Vous étiez à la rue, handicapé, vous...

— Alors, parce que je marche, ce n'est plus convenable ?

— Ça ne s'explique plus.

— Ça ne s'explique plus à qui ?

— Mais à tout le monde !

— Vous donnez des explications de votre vie à tout le monde ? »

Il y avait une intonation de mépris dans sa voix qui m'exaspéra.

« Mais enfin, que croyez-vous, Lewis ? J'ai une vie, des amis, j'ai même, euh... j'ai même des hommes qui me font la cour. »

Et en disant cette dernière phrase, comble de l'humiliation, je me sentis rougir. A quarante-cinq ans ! Lewis hocha la tête.

« Je sais bien qu'il y a des hommes amoureux de vous. Ce type, par exemple, Brett.

— Il n'y a jamais rien eu entre Paul et moi, dis-je, vertueusement. Oh ! et puis cela ne vous regarde pas. Simplement, comprenez que votre présence est compromettante pour moi.

— Vous êtes assez grande, dit Lewis, avec raison. Je pensais simplement que si je travaillais en ville, je pourrais continuer à habiter ici et je pourrais vous donner de l'argent.

— Mais, je n'ai pas besoin d'argent. Je gagne ma vie sans locataire.

— Ce serait moins gênant pour moi », dit Lewis, paisiblement.

Après une discussion interminable, nous arrivâmes à un compromis. Lewis essayerait de trouver du travail et au bout de quelque temps il se mettrait en quête d'un autre logis, à proximité, s'il y tenait. Il acquiesçait à tout. Nous allâmes nous coucher parfaitement d'accord. La seule question dont nous n'avions pas discuté, je m'en rendis compte avant de m'endormir, était celle-ci : pourquoi voulait-il rester près de moi ?

Le lendemain donc, je m'agitai un peu dans les studios, parlai d'un jeune homme au physique d'ange, récoltai quelques remarques ironiques et un rendez-vous pour Lewis. Il vint au studio avec moi, fit docilement son bout d'essai, et Jay Grant, mon patron, promit de le voir un jour de la semaine suivante. C'était aujourd'hui. Jay était dans la salle de projection en train de juger Lewis et douze autres jeunes premiers en herbe, je mordillais mon stylo et Candy, qui était tombée amoureuse de Lewis au premier coup d'œil, tapait mollement sur sa machine.

« Vous n'avez pas une bien jolie vue », dit Lewis distraitement.

Je jetai un coup d'œil sur la pelouse jaunie sous ma fenêtre. Il s'agissait bien de cela ! Peut-être ce garçon allait-il devenir une énorme vedette, le séducteur numéro UN des U.S.A. et il me parlait de la vue ! Je l'imaginai brusquement idole de la foule, couvert d'Oscars, sillonnant le monde, et de temps en temps faisant faire un petit crochet à sa Cadillac pour venir embrasser cette vieille Dorothy qui lui avait mis le pied à l'étrier, dans le temps. Je m'attendrissais sur moi-même lorsque le téléphone sonna. Je décrochai d'une main moite.

« Dorothy ? Ici, Jay. Mon chou, il est très bien votre petit, superbe. Venez le voir un peu sur l'écran. Depuis James Dean, c'est ce que j'ai vu de mieux.

— Il est là, dis-je d'une voix étranglée.

— Parfait. Amenez-le. »

Après que Candy nous eut embrassés en s'épongeant les yeux, une fois de plus, nous sautâmes dans ma voiture, fîmes en un temps record les trois kilomètres qui nous séparaient de la salle de projection, et nous nous précipitâmes dans les bras de Jay. Je dis « nous » très injustement car Lewis sifflotait, traînait les pieds et semblait aussi peu intéressé que possible par tout ça. Il salua Jay poliment, s'assit dans le noir à côté de moi et on repassa son bout d'essai.

Il avait un autre visage à l'écran, quelque chose d'indéfinissable, de violent, de cruel, extrêmement attirant, je dois le dire, mais qui me mit mal à l'aise. C'était un inconnu qui, avec une désinvolture, une présence incroyable, se levait, s'appuyait à un mur, allumait une cigarette, bâillait, souriait, comme s'il eût été seul. La caméra ne l'avait visiblement pas gêné, c'était même à se demander s'il l'avait seulement vue. On ralluma et Jay se tourna vers moi, triomphant :

« Eh bien, Dorothy, qu'en dites-vous ? »

C'était lui qui l'avait découvert, bien entendu. Je hochai la tête, plusieurs fois, sans rien dire, c'est le genre de mimique qui marche le mieux ici. Jay se tourna vers Lewis :

« Comment vous trouvez-vous ?

— Je ne me trouve pas, dit Lewis, sobrement.

— Où avez-vous appris à jouer ?

— Nulle part.

— Nulle part ? Allons... allons, mon vieux... »

Lewis se leva. Il avait l'air dégoûté, tout à coup.

« Je ne mens jamais, monsieur euh...

— Grant, dit Jay, machinalement.

— Je ne mens jamais, monsieur Grant. »

Pour la première fois de ma vie, je vis Jay Grant déconcerté. Il rougit un peu et dit :

« Je ne dis pas que vous mentez. Simplement vous êtes d'un naturel étonnant chez un débutant. Dorothy peut vous le dire. »

Il se tourna vers moi d'un air presque suppliant qui me donna envie de rire. Je vins à son secours :

« C'est vrai, Lewis, vous êtes très bon. »

Il me regarda, sourit et brusquement se pencha vers moi, comme si nous étions seuls :

« C'est vrai ? Je vous ai plu ? »

Son visage était à deux centimètres du mien, je m'agitai sur mon fauteuil, horriblement gênée :

— Mais oui, Lewis, je suis sûre que vous avez une carrière devant vous, je... »

Jay toussota discrètement comme je m'y attendais.

« Je vais vous faire préparer un contrat, Lewis, vous le ferez lire à un avocat si vous le voulez. Où puis-je vous joindre ? »

Enfouie dans mon fauteuil, atterrée, j'entendis Lewis répondre tranquillement :

« J'habite chez Mme Seymour. »

6

LE scandale fut petit, vu ma petite importance à Hollywood. J'eus droit à quelques commentaires maison, quelques félicitations stupides sur les futurs succès de « mon protégé ». Mais la rumeur ne dépassa pas les portes de mon bureau. Aucune commère ne vint sonner à ma porte. Un simple entrefilet, dans un journal professionnel, annonça l'engagement d'un jeune inconnu, Lewis Miles, par le célèbre Jay Grant. Seul, Paul Brett, sérieusement, me demanda, pendant un déjeuner improvisé, au bar du studio, ce que je comptais faire de Lewis. Il avait maigri, ce qui lui allait bien, il avait l'air un peu triste qu'ont facilement les quadragénaires dans ce pays, il me rappela tout à coup que les hommes existent et la vie amoureuse. Je lui répondis gaiement que je n'avais rien à faire de Lewis, que j'étais ravie pour lui, tout bonnement, et qu'il allait déménager incessamment ; il me regarda avec suspicion :

« Dorothy, je vous ai toujours aimée parce que vous ne mentiez pas et que vous ne vous livriez pas à ces comédies idiotes que jouent les femmes ici.

— Et alors ?

— Ne me dites pas qu'une femme comme vous habite impunément depuis un mois avec un beau jeune homme. Je reconnais qu'il est beau... »

Je me mis à rire.

« Paul, vous devez me croire. Il ne me plaît pas, pas comme ça. Et je ne lui plais pas non plus. Je sais bien que c'est étrange, mais je n'y peux rien.

— Vous me le jurez ? »

C'est charmant, cette manie des serments qu'ont les hommes. Je jurai donc et, à ma stupeur, le visage de Paul s'épanouit littéralement. A ma stupeur, car je ne le croyais ni assez naïf pour croire à un serment de femme, quelle qu'elle fût, ni assez entiché de moi pour que ce serment lui fasse plaisir. Je me rendis compte que je vivais en effet depuis un long mois avec Lewis, que je n'étais pratiquement pas sortie tout ce temps et que je ne m'étais pas non plus enfoncée dans les abîmes d'un grand lit avec un bel homme, chose qui pourtant avait toujours compté énormément dans ma vie. Je considérai Paul avec plus d'attention, je lui découvris du charme, de l'élégance, une conduite parfaite et je lui donnai rendez-vous pour le lendemain. Il viendrait me chercher vers neuf heures, nous irions dîner chez *Romanoff's* et danser. Il me quitta, je le quittai, enchantés l'un de l'autre.

Le lendemain, je rentrai donc plus tôt que d'habitude à la maison, décidée à m'habiller somptueusement et à séduire définitivement Paul Brett. Lewis était sur son fauteuil, les yeux au ciel comme d'habitude. Il agita un papier sur mon passage, d'une main molle. Je le pris au vol. C'était le contrat de Grant. Il prévoyait trois films avec Lewis, un salaire mensuel très convenable pendant deux ans et, naturellement, l'exclusivité complète. Je le parcourus rapidement et je conseillai à Lewis d'aller voir mon avocat, pour plus de sûreté.

« Vous êtes content, Lewis ?

— Ça m'est égal, dit-il. Si ça vous paraît bien, je signe. Vous avez l'air très pressée ?

— J'ai un dîner, dis-je gaiement. Paul Brett vient me chercher dans une heure. »

J'escaladai mon escalier, me jetai dans la baignoire et, une fois plongée dans l'eau chaude, envisageai mon avenir avec le plus grand optimisme. Décidément, je me tirai bien des situations les plus embrouillées : Lewis allait faire une carrière superbe, Paul était toujours amoureux de moi, nous allions dîner, nous amuser, faire l'amour peut-être, la vie était une chose charmante. Dans la glace, je considérai avec indulgence mon corps toujours mince, mon visage heureux et c'est en chantonnant que je me tirai de ma baignoire et enfilai le ravissant peignoir de Porthault que ma fille m'avait envoyé de Paris. Je m'installai devant ma table de maquillage, sortis mes multiples pots de crème magique et commençai les opérations. C'est dans la glace que je vis arriver Lewis. Il entra dans ma chambre sans frapper, ce qui me surprit beaucoup sans trop m'indigner car j'étais, je l'ai dit, d'une humeur exquise, et s'assit par terre, près de moi. J'avais un œil fait et pas l'autre, ce qui donne l'air assez stupide, et je m'attaquai donc avec rapidité à ce problème.

« Où allez-vous dîner ? demanda Lewis.

— Chez *Romanoff's*. C'est le restaurant d'Hollywood où il faut dîner. Vous irez bientôt parader en vedette.

— Ne dites pas de bêtises. »

Il avait une voix brève, méchante. Je restai une seconde le crayon en l'air :

« Je ne dis pas de bêtises. C'est un endroit délicieux. »

Il ne répondit pas. Il regardait par la fenêtre comme d'habitude. Je finis de me maquiller et bizarrement hésitai à mettre mon rouge à lèvres devant lui. Cela me semblait indécent, comme de me mettre nue devant un enfant. Je passai donc dans la salle de bains, me dessinai soigneusement une bouche voluptueuse à la Crawford et mis ma robe bleu nuit, copiée de Saint-Laurent, celle que je préférais. J'eus quelques ennuis avec la fermeture Eclair, ce qui fait que j'avais complètement oublié Lewis en sortant et que je butai pratiquement sur lui, toujours assis sur le tapis. Il se leva d'un bond et me fixa. Je lui souris, assez fière de moi.

« Comment me trouvez-vous ?

— Je vous préfère en jardinière », dit-il.

Je me mis à rire et me dirigeai vers la porte. Il était temps que je prépare les cocktails. Mais Lewis m'attrapa par le bras :

« Et moi, qu'est-ce que je fais ?

— Mais ce que vous voulez, dis-je, étonnée. Il y a la télévision, du saumon au

Frigidaire... ou si vous voulez prendre ma voiture, vous pouvez... »

Il me tenait par le bras, l'air indécis et concentré à la fois. Il me regardait sans me voir et je reconnus ce regard d'aveugle qui m'avait tant frappée dans la salle de projection : le regard d'un étranger sur la terre. Je tentai de dégager mon bras, mais sans y parvenir, et j'eus brusquement envie que Paul arrive très vite.

« Lâchez-moi, Lewis, je suis en retard. »

Je parlai à voix basse, comme pour ne pas le réveiller. Je remarquai la sueur qui coulait sur son front, autour de sa bouche, je me demandai s'il n'était pas malade. Il me vit tout à coup, se secoua, lâcha mon bras.

« Votre collier est mal attaché », dit-il.

Il mit ses mains autour de mon cou et, très habilement, posa la petite barrette de sécurité sur mes perles. Puis il recula d'un pas et je souris. Cela n'avait duré qu'une seconde, mais je sentis très nettement, moi aussi, une légère goutte d'eau glisser de ma nuque, tout le long de mon dos. Et cela n'avait rien à voir avec le trouble physique que peut procurer le contact d'une main d'homme sur votre cou. Ce trouble-là je le connais bien et ce n'était pas le même.

Paul arriva à l'heure, fut charmant avec

Lewis — un peu condescendant mais charmant — et nous prîmes un cocktail tous les trois. Mon optimisme revint vite. Je fis en partant de grands saluts de la main à Lewis qui restait immobile sur le pas de la porte, longue et mince silhouette, beau, si beau, trop beau. La soirée fut comme je le pensais, je retrouvai mille amis, je dansai avec Paul pendant deux heures et il me ramena chez lui, un peu gaie. Je retrouvai avec délices l'odeur de tabac, le poids d'un homme, et les mots tendres chuchotés dans la nuit noire. Paul était viril, tendre, il me dit qu'il m'aimait et me demanda en mariage. Je lui dis « oui », naturellement, le plaisir m'ayant toujours fait dire n'importe quoi. A six heures du matin, je l'obligeai à me raccompagner chez moi : la fenêtre de Lewis était fermée et seul le vent du matin faisait bouger les herbes folles de mon jardin.

7

UN mois passa. Lewis avait commencé à tourner, un rôle secondaire, dans un film sentimental, d'aventures, en couleur. Néanmoins, aux rushes, le soir, il « crevait » l'écran à tel point que les gens commençaient à parler de lui. Il semblait peu s'en soucier. Il se promenait dans le studio sans ouvrir la bouche, passait le plus de temps possible dans mon bureau, cajolé par Candy, ou bien rêvait dans les vieux sets d'Hollywood. Surtout ceux des films de cow-boys, série B, ceux qu'on ne démonte jamais, villages entiers de façades, avec les balcons et les escaliers de bois, vides derrière, creux, à la fois touchants et morbides. Lewis marchait des heures dans ces fausses rues, s'asseyait sur une marche d'escalier, fumait une cigarette. Le soir, je le ramenais à la maison, je l'y abandonnais souvent. Seul, malgré mes conseils. Paul insistait beaucoup pour me traîner devant un pasteur, il me fallait toute mon habileté diplomatique pour lui résister. Les gens me croyaient partagée entre les charmes de deux hommes, je faisais figure de vamp et cela me rajeunissait, tout en m'agaçant.

Cette délicieuse situation dura près de trois semaines. Ah ! je ne dirai jamais assez les charmes de la vie quand on l'aime. La beauté des jours, le trouble des nuits, les vertiges de l'alcool, ceux du plaisir, les violons de la tendresse, l'excitation du travail, la santé, cet incroyable bonheur de se réveiller vivante, avec tout ce temps devant soi, toute cette gigantesque journée offerte avant que le sommeil ne vous fige à nouveau dans une pose mortelle, sur l'oreiller. Jamais je ne remercierai assez le ciel ou Dieu ou ma mère de m'avoir mise au monde. Tout était à moi : la fraîcheur des draps ou leur moiteur, l'épaule de mon amant près de moi ou ma solitude, l'océan bleu et gris, la route américaine, lisse, glissante jusqu'aux studios, les musiques de tous les postes et le regard de Lewis, implorant.

C'est là que je butai. Je commençais à avoir honte. J'avais l'impression de l'abandonner, chaque soir. Quand je me rendais sur le set de son film, en voiture, que je claquais la portière et me dirigeais vers lui, de mon pas long et, j'espère, harmonieux de femme équilibrée, je le voyais contracté, frileux, pensif, et je me demandais parfois dans une sorte de délire mental si je ne me trompais pas... si cette vie, la mienne, ce bonheur de vivre, cette gaieté, cet amour des hommes, cet accomplissement n'étaient pas un leurre stupide... si je n'eusse pas dû courir vers lui, le prendre dans mes bras et lui demander... lui demander quoi ?... Quelque chose s'épouvantait en moi. Il me semblait que je me sentais portée vers quelque chose d'inconnu, de morbide mais de définitivement « vrai ». Alors je me secouais, je riais, je disais « hello, Lewis » et il me souriait en retour. Une fois ou deux je le vis tourner. Lui. Immobile comme un animal devant cette caméra avide, faisant très peu de gestes, si absent en quelque sorte qu'il en devenait implacable comme les lions lassés des zoos, dont on ne supporte pas le regard.

Bolton décida alors de l'acheter. Cela lui était facile. Il n'y avait pas un producteur à Hollywood qui fût en mesure de lui refuser quelque chose, pas plus Jay Grant que les autres. Il convoqua donc Lewis, lui offrit un contrat supérieur à celui de Jay, et racheta le contrat initial. J'étais furieuse. D'autant plus que Lewis ne se décidait pas à me raconter leur entrevue. Il fallut que je harcèle :

« C'est un grand bureau. Il était derrière, avec sa cigarette. Il m'a fait asseoir et s'est mis à téléphoner à un autre type. »

Lewis parlait d'une voix lente, ennuyée. Nous étions sur la terrasse, j'avais décidé de ne pas sortir ce soir-là.

« Alors qu'avez-vous fait ?

— Il y avait une revue qui traînait sur son bureau, j'ai commencé à la lire. »

Là, je commençai à me réjouir. Un jeune homme lisant au nez de Jerry Bolton était une image assez réjouissante.

« Et alors ?

— Quand il a raccroché, il m'a demandé si je me croyais chez le dentiste.

— Qu'avez-vous répondu ?

— Que non. Que je n'étais jamais allé chez un dentiste, de toute façon. J'ai de très bonnes dents. »

Il se pencha vers moi et retroussa sa lèvre supérieure de l'index pour prouver la véracité de ses dires. Il avait des dents de loup, blanches et aiguës. J'approuvai de la tête.

« Et puis ?

— Et puis, rien. Il a grogné quelque chose et m'a dit qu'il me faisait l'honneur de s'intéresser à moi ou quelque chose comme ça. Qu'il allait me racheter, me faire faire une carrière, euh... comment a-t-il dit ?... prestigieuse. »

Il se mit à rire tout à coup.

« Prestigieuse... moi !... Je lui ai dit que ça m'était égal, que je voulais juste gagner beaucoup d'argent. J'ai trouvé une Rolls, vous savez.

— Une quoi ?

— Vous savez, ces Rolls, dont vous parliez l'autre jour avec Paul. Où l'on peut monter debout sans se baisser. J'en ai trouvé une pour vous. Elle a vingt ans, mais elle est très haute et pleine d'or à l'intérieur. Nous l'aurons la semaine prochaine. Il m'a donné assez d'argent pour commencer à la payer, alors j'ai signé. »

Je restai ahurie un moment.

« Vous voulez dire que vous m'avez acheté une Rolls ?

— Vous n'en aviez pas envie ?

— Et vous pensez combler ainsi tous mes désirs de midinette ? Etes-vous fou ? »

Il eut un geste d'apaisement, attendri, qui me parut un peu au-dessus de son âge. Nous jouions à rebours le rôle généralement départi aux gens dans notre situation, fût-elle même platonique. Cela devenait comique. Touchant, mais comique. Il dut le voir à mon regard car il se rembrunit :

« Je pensais vous faire plaisir, dit-il. Excusez-moi, je dois sortir ce soir. »

Il se leva et quitta la véranda avant que j'aie pu dire un mot. Je me couchai bourrelée de remords, me relevai vers minuit pour lui écrire une lettre de remerciements, d'excuses, tellement mielleuse que j'en dus supprimer quelques termes. Je glissai la lettre sous son oreiller et restai éveillée un long moment à l'attendre. Mais à quatre heures du matin, il n'était toujours pas rentré et j'en conclus, avec un mélange de soulagement et de tristesse, qu'il avait enfin trouvé une maîtresse.

Ayant mal dormi, j'avais décroché mon téléphone toute la matinée et c'est donc ignorante de l'événement que je me rendis, bâillante encore, aux studios vers midi et demi. Candy sautait sur sa chaise, les yeux noirs d'énervement, on eût dit que sa machine à écrire électrique était branchée sur son tibia. Elle se jeta à mon cou :

« Qu'en dites-vous, Dorothy ? qu'en dites-vous ?

— De quoi, mon Dieu ? »

J'imaginais avec horreur un nouveau et rémunérateur contrat. J'étais en pleine période de paresse, mais elle ne me laisserait pas le refuser. Malgré mon évidente santé les gens s'obstinent depuis ma naissance à veiller sur moi comme sur une déficiente mentale.

« Vous ne savez pas ? »

Le plaisir redoubla sur son visage :

« Jerry Bolton est mort. »

J'avoue avec horreur que j'eus comme elle, comme tout le monde au studio d'ailleurs, l'impression d'une bonne nouvelle. Je m'assis en face d'elle et remarquai qu'elle avait d'ores et déjà sorti la bouteille de scotch et deux verres, comme pour fêter cela.

« Mais comment mort ? Lewis l'a encore vu hier après-midi.

— Assassiné. »

Elle était aux anges. Je me demandai si ma littérature filandreuse n'était pas un peu responsable de son accent mélodramatique.

« Mais par qui ? »

Elle prit l'air brusquement gêné et puritain.

« Je ne sais pas si je peux vous le dire... Il semble que M. Bolton avait... euh... des mœurs... qui... que...

— Candy, dis-je sévèrement, tout le monde a des mœurs, quelles qu'elles soient. Expliquez-vous.

— Il a été découvert dans une maison spéciale, près de Malibu, dont il était un vieux client, paraît-il. Il était monté avec un jeune homme qu'on n'a pas retrouvé et qui l'a tué. Un crime crapuleux, dit la Radio. »

Décidément, ce Jerry Bolton avait bien caché son jeu, trente ans durant. Trente ans où il avait joué le veuf inconsolable et puritain. Trente ans où il avait jeté de la boue sur quelques jeunes premiers efféminés, dont il avait souvent brisé la carrière, tout cela par autodéfense sans doute... c'était extravagant.

« Comment n'ont-ils pas étouffé l'affaire ?

— Le meurtrier, croit-on, a téléphoné directement à la police et aux journaux. Ce sont eux qui ont découvert le corps, à minuit. Ils ne pouvaient plus rien empêcher. Le patron de la boîte a dû se mettre à table. »

Je pris machinalement le verre sur la table et le reposai avec dégoût. Il était un peu tôt pour boire. Je décidai d'aller faire un tour dans les studios. Ils étaient en effervescence. Je dirais même en pleine gaieté, ce qui me déplut un peu. La mort d'un homme, finalement, ne pourrait jamais me réjouir. Tous ces gens avaient été humiliés ou brisés un jour par Bolton, et la double annonce de son secret et de sa mort les remplissait d'un entrain malsain. Je filai donc rapidement et me rendis au set de Lewis. Il tournait depuis huit heures et après sa nuit de jeune homme il ne devait pas être très frais. Je le trouvai néanmoins souriant et reposé, appuyé à un portant. Il se dirigea vers moi.

« Lewis... vous connaissez la nouvelle ?

— Oui. Bien sûr. On ne tourne pas demain, en signe de deuil. On va pouvoir jardiner un peu. »

Il fit une pause et ajouta :

« On ne peut pas dire que je lui aie porté chance.

— C'est ennuyeux pour votre carrière. »

Il fit de la main un geste des plus détachés.

« Vous avez trouvé ma lettre, Lewis ? »

Il me regarda et rougit brusquement.

« Non. Je ne suis pas rentré cette nuit. »

J'éclatai de rire.

« C'est votre droit le plus strict. Simplement je vous expliquais que j'étais ravie pour la Rolls, que j'avais été si étonnée que je ne vous l'avais pas fait comprendre, c'est tout. J'étais désolée ensuite.

— Vous ne devez pas être désolée à cause de moi, dit-il. Jamais. »

On l'appelait. Il avait une petite scène d'amour avec une ingénue, Jane Power, brunette à la bouche ouverte. Elle s'installa dans ses bras avec un enthousiasme évident et je pensai que Lewis, désormais, ne passerait plus souvent ses nuits à la maison. C'était bien normal après tout et je repartis vers le restaurant du studio où je devais déjeuner avec Paul.

8

LA Rolls était un objet énorme, confondant : décapotable, elle était d'un blanc sale, avec des coussins noirs — ou qui avaient dû l'être — et des bouts de cuivre rutilant partout. Elle devait être au bas mot de 1925. C'était vraiment une horreur. Comme il n'y avait qu'une seule place dans mon garage, nous fûmes obligés de la mettre dans mon jardin, déjà fort petit. Il en dépassait un peu d'herbe de chaque côté, d'une façon romantique. Lewis était enchanté, il tournait autour et avait même délaissé son fauteuil sur ma véranda au profit du siège arrière. Il y transporta progressivement des livres, des cigarettes, des bouteilles et, aussitôt rentré du studio, il s'y installait, les jambes par-dessus la portière, mêlant en ses poumons l'odeur du soir et celle de moisi qui s'échappait des vieux coussins. Dieu merci, il ne parlait pas de la faire marcher, c'était bien le principal. J'ignorais d'ailleurs comment elle avait pu arriver jusqu'à la maison.

Nous avions décidé, d'un commun accord, de la laver tous les dimanches. Qui n'a pas nettoyé un dimanche matin une Rolls 25, installée comme une statue dans un jardin délabré, ignore une des grandes joies de la vie. Il nous fallait une heure et demie pour l'extérieur, une demi-heure pour l'intérieur. J'aidais Lewis d'abord, m'occupant des phares, de la calandre, bref de l'avant. Puis je m'attaquais seule aux coussins. L'intérieur était mon fief, je devenais une femme d'intérieur comme je ne l'avais jamais été dans ma propre maison. Je passais un cirage très fin sur les coussins, puis une peau de chamois. J'essuyais le bois du tableau de bord, je le faisais reluire. Puis je projetais mon souffle sur les cadrans, j'en enlevais la buée ensuite et je voyais briller à mes yeux extasiés le chiffre démesuré de 80 miles. Dehors, Lewis, en tee-shirt, s'attaquait aux pneus, aux rayons des roues, aux pare-chocs. A midi et demi, la Rolls était étincelante, superbe et nous follement heureux : nous tournions autour en buvant notre cocktail, nous nous félicitions de notre matinée. Je sais pourquoi : elle avait été parfaitement inutile. La semaine allait passer. Les jours, les ronces grimperaient sur la voiture, nous ne nous en servirions jamais. Mais nous recommencerions le dimanche suivant. Nous retrouvions ensemble des plaisirs d'enfants : les plus forcenés, les plus gratuits, les plus profonds. Le lendemain, lundi, nous retournerions à nos travaux rémunérés, précis et quotidiens, ceux qui nous permettraient de manger, boire et dormir, ceux qui rassureraient « les autres » sur notre vie. Mais Dieu, que je haïssais la vie parfois et ses engrenages. C'est drôle : peut-être faut-il, comme je l'ai toujours fait, haïr la vie dans le fond pour l'adorer sous toutes ses formes.

Un beau soir de septembre, j'étais allongée sur ma véranda, blottie dans un des chandails de Lewis, épais, rugueux et chaud, comme je les aime. Je l'avais décidé, non sans mal, à me suivre dans un magasin et il avait ainsi renouvelé, grâce à ses brillants salaires, une garde-robe inexistante. Je lui empruntais tout le temps ses chandails, j'ai toujours fait ça avec mes compagnons d'existence, c'est un des seuls vices, je crois, qu'ils puissent me reprocher vraiment. Je somnolais donc, tout en lisant un synopsis spécialement imbécile dont j'étais censée écrire les dialogues dans les trois semaines. Il s'agissait, je crois, d'une jeune fille stupide qui rencontre un jeune homme intelligent et qui s'épanouit à son contact ou quelque chose d'approchant. Le seul ennui était que la jeune fille stupide me paraissait plus intelligente que le jeune homme. De toute façon, c'était un best-seller et il ne s'agissait pas d'en changer le sens. Je bâillais donc et espérais vivement l'arrivée de Lewis. Or, que vis-je arriver, dans un pauvre tailleur de tweed presque noir, mais un énorme clip au col : la fameuse, l'idéale Louella Schrimp, retour de Cinecitta.

Elle descendit devant mon humble demeure, murmura quelques mots à un chauffeur antillais et poussa ma porte. Elle eut quelque mal à contourner la Rolls et quelque stupeur se fit jour aussi dans ses yeux noirs quand elle me vit. Je devais avoir un drôle d'air, les cheveux dans les yeux et cet énorme chandail autour de moi, enfouie dans une chaise longue de rotin, une bouteille de scotch près de moi. Je devais ressembler à une de ces héroïnes de Tennessee Williams, alcooliques et solitaires, comme je les aime. Elle s'arrêta au bas des trois marches et prononça mon nom d'une voix défaillante : « Dorothy » « Dorothy »... Je la regardai, ahurie. Louella Schrimp est une institution nationale, elle ne se déplace pas sans un garde du corps, un amant, et quinze photographes. Que faisait-elle dans mon jardin ? Nous nous fixâmes comme deux hiboux et je ne pus m'empêcher de penser qu'elle se défendait rudement bien. A quarante-trois ans, elle avait la beauté, la peau, l'éclat d'une fille de vingt ans. Elle répéta une fois de plus « Dorothy... » et je me relevai péniblement sur mon siège en croassant « Louella... » d'une voix éteinte autant que polie. Alors elle se précipita, fit une enjambée de jeune daim pour grimper les marches. Exploit qui secoua péniblement ses seins sous son tailleur. Et elle tomba dans mes bras. Je réalisai à ce moment-là que nous étions toutes les deux les veuves de Frank.

« Mon Dieu, Dorothy, quand je pense que je n'étais pas là... que vous avez dû vous occuper de tout cela, seule... si, je sais... vous avez été admirable, tout le monde me l'a dit... Il fallait que je vienne vous voir... il fallait... »

Elle ne s'était pas occupée de Frank depuis cinq ans, ne l'avait même pas revu. Je supposai donc qu'elle avait un après-midi à perdre, ou que son nouvel amant ne satisfaisait pas ses capacités émotionnelles. Il n'y a qu'une femme qui s'ennuie pour se trouver des chagrins de ce genre. Je lui offris donc philosophiquement un fauteuil, un verre, et nous entamâmes de concert les louanges de Frank. Elle commença par s'excuser de me l'avoir pris (mais la passion excuse tout), je commençai par le lui pardonner (mais le temps arrange tout) et nous enchaînâmes. En fait, je m'amusai un peu. Elle parlait par clichés avec des petits moments de vérité, de férocité parfaitement terrifiants. Nous en étions à évoquer l'été 59 lorsque Lewis arriva.

Il sauta par-dessus le pare-chocs de la Rolls. Il souriait. Il était mince et beau comme on l'est rarement. Il avait un vieux blouson, ses pantalons de toile, ses cheveux noirs dans les yeux. Je vis tout cela comme je le voyais tous les jours, mais je le vis surtout dans le regard de Louella. C'est curieux à dire : elle broncha. Elle broncha comme fait un cheval devant un obstacle, comme peut donc le faire une femme devant un homme dont elle a trop envie et trop soudainement. Le sourire de Lewis disparut en la voyant, il détestait les inconnus. Je le présentai aimablement et Louella sortit aussitôt ses armes.

Ce n'était pas une sotte, ni une vamp à mi-temps : c'était aussi une femme de tête, une femme du monde, une professionnelle. J'admirai moi-même son numéro. Elle n'essaya pas une seconde d'éblouir Lewis, ni même de l'exciter. Elle prit aussitôt le style de la maison, parla de la voiture, reprit un scotch d'une main nonchalante, s'enquit des projets de Lewis d'une voix distraite, bref la femme aimable et facile à vivre. Loin de tout ça. (Ça étant Hollywood.) A un regard qu'elle me jeta, je vis à la fois qu'elle prenait Lewis pour mon amant et qu'elle avait décidé de me le prendre. Ce serait un peu beaucoup, après ce pauvre Frank, mais enfin... J'étais un peu agacée, je l'avoue. Qu'elle s'amuse avec Lewis passe encore, mais qu'elle se moque de moi, à ce point-là... C'est effrayant la vanité, les bêtises qu'elle fait faire. J'eus pour la première fois en six mois un geste de possession envers Lewis. Il était assis par terre et nous regardait sans dire grand-chose. Je tendis la main vers lui :

« Appuyez-vous à mon fauteuil, Lewis, vous finirez par avoir mal au dos. »

Il s'appuya contre mon fauteuil et je

passai la main, négligemment, dans ses cheveux. Aussitôt il renversa la tête en arrière, sur mes genoux, avec une violence subite. Il avait fermé les yeux, il souriait, l'air parfaitement heureux, et je retirai ma main de ses cheveux comme si je m'étais brûlée. Louella avait pâli, mais cela ne me faisait plus le moindre plaisir : j'avais honte de moi.

Louella néanmoins continua la conversation quelque temps, avec un sang-froid d'autant plus méritoire que Lewis ne relevait pas la tête de mes genoux et ne semblait aucunement intéressé par la conversation. Nous avions sûrement l'air de filer le parfait amour et, la première gêne passée, je sentais un léger fou rire me gagner. Louella finit par se lasser et se leva. J'en fis autant, ce qui dérangea visiblement Lewis : il se mit sur ses pieds et s'ébroua, regardant Louella d'un œil si glacé, si ennuyé, si pressé qu'elle s'en aille qu'elle le dévisagea à son tour, froidement, comme un objet :

« Je vous laisse, Dorothy. Je crains de vous avoir dérangée. Mais je vous laisse en belle compagnie, si ce n'est en bonne. »

Lewis ne réagit pas. Moi non plus. Le chauffeur antillais tenait déjà la portière. Louella s'énervait :

« Vous ne savez pas, monsieur, que l'on raccompagne généralement les dames jusqu'à la porte ? »

Elle s'était tournée vers Lewis et je l'écoutai, ahurie, perdre, pour une des premières fois de sa vie, son fameux self-control.

« Les dames, oui », dit Lewis tranquillement. Et il ne bougea pas.

Louella leva alors la main comme pour le gifler et je fermai les yeux. Louella est aussi très célèbre pour ses gifles, tant à la ville qu'à l'écran. Elle les donne très bien, dans les deux cas, d'abord de la paume, puis du dos de la main, sans bouger le moins du monde les épaules. Mais là, elle s'arrêta net. Je regardai Lewis à mon tour. Il était immobile, aveugle, sourd comme je l'avais déjà vu une fois, il respirait lentement et le même petit filet de sueur encadrait sa bouche. Louella fit un pas en arrière, puis deux, comme pour se mettre hors de sa portée. Elle avait peur et moi aussi.

« Lewis », dis-je.

Et je posai ma main sur sa manche. Il se réveilla, s'inclina vers Louella, d'une manière parfaitement démodée. Elle nous fixa :

« Vous devriez les prendre moins jeunes, Dorothy, et plus polis. »

Je ne répondis pas. J'étais atterrée. Tout Hollywood serait demain au courant. Et Louella se vengerait. Cela représentait quinze jours d'ennuis incessants.

Louella disparue, je ne pus m'empêcher de faire quelques reproches à Lewis. Il me considéra avec pitié :

« Cela vous ennuie vraiment ?

— Oui. J'ai horreur des ragots.

— J'arrangerai ça », dit-il paisiblement.

Mais il n'en eut pas le temps. Le lendemain matin, le cabriolet décapotable de Louella Schrimp manqua un virage, comme elle se rendait aux studios et elle alla s'écraser cent mètres plus bas, dans la vallée de San Fernando.

9

LES obsèques furent somptueuses. En deux mois, avec Jerry Bolton, c'étaient deux célébrités d'Hollywood qui disparaissaient tragiquement. D'innombrables gerbes envoyées par les innombrables survivants envahissaient le cimetière. J'y fus avec Paul et Lewis. Pour moi, c'était la troisième fois : la dernière avait été Bolton après Frank. J'arpentai donc une fois de plus ces allées soignées. J'y avais mené en terre trois êtres si différents, mais tous à la fois faibles et féroces, avides et désabusés, trois êtres atteints d'une frénésie aussi mystérieuse pour eux-mêmes que pour les autres. C'était très déprimant, à y bien songer. Quel mur s'interpose donc toujours entre les êtres humains et leur désir le plus intime, leur effroyable volonté de bonheur ? Est-ce l'image de ce bonheur qu'ils se forment et qu'ils rendent à jamais inconciliable avec leur vie ? Est-ce le temps ou l'absence de temps ? Est-ce une nostalgie cultivée depuis l'enfance ? Revenue à la maison et assise entre mes deux hommes, j'épiloguai longuement là-dessus en interrogeant leurs connaissances et les étoiles. Ni les uns ni les autres ne semblaient à même de me répondre. Je puis même dire que les astres clignotaient aussi faiblement à mes discours que les prunelles de mes compagnons. J'avais pourtant mis *La Traviata* sur le pick-up, musique romantique s'il en est et qui m'a toujours inclinée à la méditation. Je finis par m'agacer de leur mutisme :

« Enfin Lewis, êtes-vous heureux, vous ?

— Oui. »

Le laconisme de la réponse aurait dû me décourager. Je m'entêtai :

« Et vous savez pourquoi ?

— Non. »

Je me tournai vers Paul :

« Et vous, Paul ?

— J'espère l'être très bientôt complètement. »

Cette allusion à notre mariage me glaça légèrement les sangs. J'esquivai promptement :

« Enfin, regardez. Nous sommes là tous les trois, il fait doux, la terre est ronde, nous sommes en bonne santé, nous sommes heureux... pourquoi toutes nos relations ont-elles cet air affamé, traqué... que se passe-t-il ?

— Par pitié, Dorothy, dit la voix geignarde de Paul, je n'en sais rien. Lisez les journaux, c'est bourré d'enquêtes à ce sujet.

— Pourquoi personne ne veut-il jamais parler sérieusement avec moi ? dis-je, avec fureur. Suis-je une oie ? Suis-je parfaitement stupide ?

— On ne peut parler sérieusement du bonheur avec vous, dit Paul. Vous êtes une réponse vivante. Je ne pourrais pas discuter de l'existence de Dieu avec Dieu lui-même.

— C'est parce que, dit Lewis brusquement, et il bégayait presque, c'est parce que vous êtes bonne. »

Il s'était levé brusquement et il était éclairé par la lumière du living-room. Il avait un drôle d'air, la main levée comme un prophète :

« Vous... vous comprenez... vous êtes bonne. Les gens ne sont pas bons du tout, en général... alors... alors ils ne peuvent même pas être bons avec eux-mêmes et...

— Mon Dieu, dit Paul, si nous prenions

un autre verre ? Dans un endroit un peu gai ?... Vous venez, Lewis ? »

C'était la première fois qu'il l'invitait et, à ma grande surprise, Lewis accepta. Comme nous étions peu habillés, nous décidâmes de nous rendre dans une boîte de beatniks près de Malibu. Nous nous tassâmes tous les trois dans la Jaguar de Paul et je remarquai en riant que Lewis était mieux là que la première fois que nous l'avions rencontré, devant le pare-chocs. Après cette fine plaisanterie, nous dévalâmes la route, la capote baissée, le vent dans les oreilles et sur les yeux. J'étais merveilleusement bien, coincée entre mon amant et mon jeune frère, presque mon fils, tous deux beaux, généreux, gentils, deux hommes que j'aimais. Je pensais à la pauvre Louella, enfouie sous la terre, je pensais que j'avais une chance folle et que la vie était un merveilleux cadeau.

La boîte en question était bourrée d'une foule de jeunes gens plus ou moins barbus et chevelus et nous eûmes un mal fou à trouver une petite table. Si Paul tenait vraiment à échapper à mes discours, il avait réussi : la musique était si violente qu'on ne pouvait dire un mot. Néanmoins, une assemblée joyeuse gambadait au son du jerk et les scotches étaient buvables.

Aussi je ne remarquai pas tout d'abord l'absence de Lewis. Ce n'est que quand il revint s'asseoir à la table que j'observai son regard, légèrement vitreux, et je m'en étonnai : il ne buvait jamais beaucoup. Profitant d'une accalmie, je dansai un slow avec Paul et revins m'asseoir lorsque l'accident se produisit.

Un barbu en nage croisa ma route et me bouscula, près de la table. Je marmonnai « pardon », machinalement, mais il se retourna et me fixa, l'air si hargneux que j'en fus épouvantée. Il devait avoir dix-huit ans, une énorme moto dehors et quelques verres de trop derrière lui. Il ressemblait à un de ces fameux blousons dont les revues nous rebattaient les oreilles à l'époque. Il aboya littéralement vers moi :

« Qu'est-ce que tu fais là, la vieille ? »

J'eus le temps d'être vexée une seconde et je le fus. Le projectile humain qui passa devant moi la seconde d'après et lui sauta à la gorge était Lewis. Ils roulèrent par terre dans un bruit effrayant au milieu des tables renversées et des pieds des danseurs. J'appelai Paul d'une voix perçante et je le vis qui essayait de fendre la foule un mètre plus loin. Mais tous ces jeunes gens enchantés faisaient cercle autour des combattants et l'empêchaient de passer. Je criai : « Lewis, Lewis », mais il se roulait par terre avec des grognements sourds, tenant toujours mon blouson noir à la gorge. Cela dura une minute, une bonne minute de cauchemar. Tout à coup les deux garçons s'arrêtèrent et restèrent immobiles par terre. On les distinguait très mal dans le noir, mais cette immobilité soudaine était plus effrayante que leurs coups. Soudain quelqu'un cria :

« Mais séparez-les, voyons, séparez-les... »

Paul était arrivé jusqu'à moi. Il poussa les premiers spectateurs, si je puis dire, et se précipita. Je vis alors distinctement la main de Lewis. Cette main maigre et longue, accrochée à la gorge d'un garçon immobile, se resserrait frénétiquement. Je vis la main de Paul attraper cette main, en retourner les doigts, un par un, puis je fus bousculée et tombai, ahurie, sur une chaise.

La suite fut confuse : on maintenait Lewis dans un coin, on ranimait le blouson noir dans l'autre. Comme il était évident que personne ne tenait à appeler la police, nous nous retrouvâmes assez rapidement dehors, tous les trois, haletants et décoiffés. Lewis semblait calmé, calmé et absent. Nous nous réinstallâmes dans la Jaguar sans dire un mot. Paul respira profondément, prit une cigarette, l'alluma et me la tendit. Puis il s'en alluma une. Il ne démarrait pas. Je me tournai vers lui et pris une voix aussi gaie que possible :

« Eh bien... quelle soirée... »

Il ne répondit pas mais se pencha et regarda Lewis, par-dessus moi, d'un air curieux :

« Qu'avez-vous pris Lewis ? L.S.D. ? »

Lewis ne répondit pas. Je sursautai et me retournai vers lui. Il avait renversé la tête en arrière, il fixait le ciel, parfaitement ailleurs.

« N'empêche, reprit Paul doucement, vous avez failli le tuer... Que s'est-il passé, Dorothy ? »

J'hésitai. Ce n'était pas très facile à dire.

« Ce garçon a suggéré que j'étais un peu... euh... âgée pour l'endroit. »

J'espérais que Paul allait s'écrier ou s'indigner, mais il se borna à hausser les épaules et démarra tout doucement.

Nous n'échangeâmes pas un mot jusqu'à la maison. Lewis semblait dormir, je pensais avec une légère répulsion qu'il devait être bourré de son fameux L.S.D. Je n'ai rien, au demeurant, contre les drogues : simplement l'alcool me suffit et le reste me fait peur. J'ai peur aussi des avions, de la pêche sous-marine et de la psychiatrie. La terre seule me rassure, quelle que soit la part de boue qu'elle contient. Une fois arrivés, Lewis descendit le premier, marmonna quelque chose et disparut dans la maison. Paul m'aida à m'extirper de sa Jaguar et me suivit jusqu'à la véranda.

« Dorothy... Vous vous rappelez ce que je vous ai dit au sujet de Lewis la première fois ?

— Oui, Paul. Mais vous l'aimez bien, maintenant. Non ?

— Oui. Justement. Je... »

Il bafouillait un peu. Ce qui est rare chez lui. Il prit ma main, la retourna, l'embrassa.

« Il... je ne crois pas qu'il soit tout à fait normal, vous savez. Il a vraiment failli tuer ce type.

— Personne ne peut être normal avec un petit sucre imbibé de leur maudit machin, dis-je, avec logique.

— Il n'empêche que c'est un violent et que je n'aime pas l'idée que vous cohabitiez avec lui.

— Sincèrement, je crois qu'il m'aime beaucoup et qu'il ne me ferait jamais de mal.

— De toute manière, dit Paul, il va devenir une star et vous serez débarrassée de lui très bientôt. Grant m'en a parlé. Ils axent leur prochaine campagne sur lui... et comme, en plus, il a du talent... Dorothée, quand m'épousez-vous ?

— Bientôt, dis-je, très bientôt. »

Je me penchai et l'embrassai légèrement sur la bouche. Il soupira. Je le laissai et rentrai dans la maison voir ce que devenait la super-vedette à venir. Il était allongé par terre, sur mon tapis mexicain, la tête dans les mains. Je me dirigeai vers la cuisine, fis réchauffer le café et en remplis une tasse pour Lewis, tout en répétant *in petto* un discours moral sur les méfaits de la drogue. Puis je rentrai dans le living-room, m'agenouillai près de lui et lui tapotai fermement l'épaule. En vain.

« Lewis, buvez ce café. »

Il ne bougeait toujours pas. Je le secouai. Il devait être aux prises avec une bande de dragons chinois et de serpents multicolores. Cela m'agaçait un peu, mais je pensais en même temps que ce beau jeune homme s'était battu pour moi une heure auparavant et cela porte toute femme à l'indulgence. Je murmurai :

« Lewis, mon chéri... »

Alors, il se retourna et se jeta dans mes bras. Il était secoué par des sanglots bizarres, de véritables secousses qui l'étranglaient à moitié et me faisaient peur. Il avait enfoui sa tête dans mon épaule, mon précieux café baignait le tapis, et, immobile, à la fois attendrie et épouvantée, j'écoutais la bizarre litanie qui s'échappait de ses lèvres dans mes cheveux :

« J'aurais pu le tuer... Oh ! j'aurais dû... à une seconde près... Vous dire ça... à vous... Ah ! je le tenais... je le tenais...

— Mais voyons, Lewis, on ne se bat pas avec les gens comme ça, ce n'est pas raisonnable.

— Un porc... c'était un porc... des yeux de brute. Ils ont tous des yeux de brute... tous les gens... vous ne voyez pas... vous ne voyez pas ?... Ils finiront par nous avoir, vous verrez... Ils me sépareront de vous et ils vous auront aussi... vous... vous... Dorothy. »

Je lui tenais la nuque, je lui caressai les cheveux, je lui embrassai les tempes, j'étais désolée comme devant un chagrin d'enfant. Car c'était un enfant qui sanglotait contre moi, un enfant sonné par la vie. Je murmurais des mots vagues dans le genre : « Allons, voyons, calmez-vous, ce n'est rien. » Je commençais à avoir une vague crampe dans le mollet, à demi agenouillée ainsi, avec ce poids d'un homme sur le cou, et je me disais que ce genre de scène n'était pas pour les femmes de mon âge. Il eût fallu une jeune fille pure pour lui redonner goût ou confiance dans la vie. Moi, je savais bien comment elle pouvait être, la vie, je le savais trop bien. Il finit par s'apaiser. Je le laissai doucement glisser le long de moi, se rallonger sur le tapis. Je posai ma couverture de loden sur lui et montai me coucher, épuisée.

10

JE me réveillai au milieu de la nuit, complètement glacée par une idée atroce. Je restai assise dans mon lit, comme un hibou, dans le noir, près d'une heure, à faire des recoupements précis. Puis je descendis, toujours tremblante, dans la cuisine, me fis une tasse de café et, à la réflexion, j'y ajoutai une goutte de cognac. L'aube se levait. Je passai sur la véranda, regardai le ciel qui s'étirait, à l'est, en une longue ligne blanche et déjà bleue, puis je regardai la Rolls, de nouveau attaquée par les ronces — nous étions un vendredi — puis le fauteuil favori de Lewis, puis mes mains posées sur le balcon et qui tremblaient quand même. J'ignore combien de temps je passai ainsi, appuyée à ce balcon. De temps en temps j'essayais de m'asseoir dans un fauteuil, mais la même idée me remettait debout, aussitôt, comme un pantin épouvanté. Je ne fumai même pas une cigarette.

A huit heures, les volets de Lewis battirent le mur au-dessus de ma tête et je sursautai. Je l'entendis descendre l'escalier et mettre l'eau sur la cuisinière en sifflotant. Son L.S.D. semblait s'être évaporé avec le sommeil, c'était déjà ça. Je respirai une grande gorgée d'air frais et rentrai dans la cuisine. Il eut l'air surpris et je le contemplai une seconde avec stupeur : si beau, si jeune, si décoiffé, si doux.

« Je suis désolé pour hier, dit-il tout de suite. Je ne reprendrai plus de cette saleté.

— Il s'agit bien de ça », dis-je, d'un ton lugubre, et je m'assis enfin sur une chaise de cuisine. Le fait d'avoir un interlocuteur — fût-ce lui — me soulageait bizarrement. Il surveillait l'eau dans la cafetière, l'air extrêmement attentif, mais néanmoins quelque chose dans ma voix le fit tourner les yeux vers moi :

« Que se passe-t-il ? »

Il l'avait l'air si innocent, en robe de chambre, les sourcils en l'air, que le doute m'envahit. Et le tissu de coïncidences, de demi-preuves, de remarques que j'avais confectionné pendant la nuit se déchira tout à coup. Je marmonnai :

« Lewis... ce n'est pas vous qui les avez tués, n'est-ce pas ?

— Lesquels ? »

Cette réponse était, pour le moins, décourageante. Je n'osais pas le regarder :

« Tous. Frank, Bolton, Louella.

— Si. »

Je poussai un faible gémissement et m'appuyai à ma chaise. Il poursuivit d'un ton égal :

« Mais il ne faut pas vous faire de soucis. Il n'y a aucune trace. Ils ne vous embêteront plus. »

Il remit un peu d'eau dans la cafetière. Je le regardais à présent, complètement ébahie :

« Mais enfin, Lewis... êtes-vous fou ? On ne tue pas les gens, voyons, ça ne se fait pas. »

L'expression me parut faible, mais j'étais si atterrée que je ne trouvais plus mes mots. Dans les circonstances tragiques d'ailleurs, je ne trouve que des phrases de couvent ou de bonne éducation, j'ignore pourquoi.

« Si vous saviez le nombre de choses qui ne se font pas et que les gens font quand même... escroquer les autres, les acheter, les avilir, les abandonner...

— Mais il ne faut pas les tuer », dis-je fermement.

Il haussa les épaules. Je m'attendais à une scène tragique et cette conversation tranquille me déconcertait. Il se tourna vers moi :

« Comment l'avez-vous su ?

— J'ai réfléchi. J'ai réfléchi toute la nuit.

— Vous devez être morte. Voulez-vous du café ?

— Non. « Moi », je ne suis pas morte, dis-je aigrement. Lewis... qu'allez-vous faire ?

— Mais rien. Il y a eu un suicide, un crime crapuleux, mais sans indices, et un accident de voiture. Tout va bien.

— Et moi ? éclatai-je. Et moi ? Vais-je cohabiter avec un assassin ? Vais-je vous laisser tuer les gens comme ça, au petit bonheur, sans rien faire ?

— Au petit bonheur ? Mais, Dorothy, je ne tue que les gens qui vous ont fait ou qui vous font de la peine. Ce n'est pas au hasard.

— Mais qu'est-ce qui vous prend ? Etes-vous mon garde du corps ? Vous ai-je demandé quoi que ce soit ? »

Il posa enfin sa cafetière et se tourna vers moi, tranquillement :

« Non, dit-il, mais je vous aime. »

Là-dessus, ma tête tourna trop vite, je glissai de ma chaise et, l'insomnie aidant, je m'évanouis pour une fois dans ma vie.

Je me réveillai sur le canapé, en face du visage bouleversé — (enfin) — de Lewis. Nous nous regardâmes en silence puis il me tendit la bouteille de scotch. J'en pris une gorgée sans le quitter des yeux, puis une autre. Mon cœur se remit à battre normalement. Et la colère m'envahit aussitôt :

« Ah ! vous m'aimez ? vraiment ? C'est pour ça que vous avez tué ce pauvre Frank ? Et cette malheureuse Louella ! Pourquoi n'avez-vous pas tué Paul, tant que vous y êtes ? C'est mon amant, après tout ?

— Parce qu'il vous aime. Mais s'il essaie de vous quitter ou de vous faire du mal, je le tuerai aussi.

— Mon Dieu, dis-je, vous êtes fou. Avez-vous tué beaucoup de gens avant ?

— Avant de vous connaître, non, dit-il. Jamais. Ça n'en valait pas la peine. Je n'aimais personne. »

Il se leva tout à coup, fit trois pas dans la pièce, en se frottant le menton. J'avais l'impression de vivre un cauchemar.

« Voyez-vous, jusqu'à seize ans, j'ai plutôt été battu qu'autre chose. On ne me donnait rien, jamais. Et puis, après seize ans, tout le monde voulait de moi, hommes, femmes, etc., mais à une condition qui euh... que... »

Cet assassin pudique dépassait les bornes. Je le coupai :

« Je vois, oui.

— Jamais rien, n'est-ce pas ? Jamais rien pour rien. Jamais rien de gratuit. Jusqu'à vous. Je pensais toujours, quand j'étais étendu là-haut, que vous alliez euh... enfin... un jour... »

Il rougit. J'imagine que je rougis aussi. Je voguais entre J. H. Chase et Delly. J'étais brisée

« Quand je compris que c'était par bonté, comme ça, j'ai commencé de vous aimer. Voilà. Je sais bien que vous me trouvez trop jeune, que vous préférez Paul Brett et que je ne vous plais pas, mais je peux quand même vous protéger. Voilà. »

Et voilà. Comme il disait. Voilà ; voilà. Je m'étais mise dans un épouvantable guêpier. Je ne pouvais rien faire. J'étais fichue. J'avais ramassé un fou, un meurtrier, un obsédé, sur la route, dans un fossé. Paul avait raison une fois de plus, Paul avait toujours raison.

« Vous m'en voulez ? » dit Lewis, gentiment.

Je ne répondis même pas. Peut-on « en vouloir » à quelqu'un qui tue trois personnes pour vous faire plaisir ? Le terme me semblait un peu écolier. Je réfléchissais, je faisais semblant de réfléchir, plutôt, car ma tête se révélait parfaitement vide.

« Vous savez, Lewis, que mon devoir est de vous livrer à la police ?

— Si vous voulez, dit-il tranquillement.

— Je devrais leur téléphoner tout de suite », dis-je d'une voix faible.

Il posa le téléphone près de moi et nous le contemplâmes ensemble d'un air languissant, comme s'il n'y avait pas de fil au bout.

« Comment avez-vous fait ? dis-je.

— Pour Frank, je lui ai donné rendez-vous au motel de votre part, dans une chambre louée par téléphone. J'y suis rentré par la fenêtre. Pour Bolton, j'ai compris très vite, à son regard, ce qu'il était. J'ai pris l'air d'accord. Il m'a donné rendez-vous aussitôt dans l'hôtel louche. Il était ravi. On peut arriver dans sa chambre comme on veut avec la clef qu'il m'avait donnée. Personne ne m'a vu. Pour Louella, j'ai passé la nuit à dévisser les boulons, devant. C'est tout.

— C'est suffisant, dis-je. Qu'est-ce que je vais faire ? »

Je pouvais me taire et jeter Lewis dehors. Mais c'était lâcher un fauve dans la rue. Il continuerait à me suivre de loin et à tuer autour de moi, comme une machine. Je pouvais exiger qu'il quitte la ville, mais il avait signé un contrat pour des années et on le retrouverait partout. Et je ne pouvais pas le livrer à la police. Je ne pourrai jamais livrer qui que ce soit à la police. J'étais coincée.

« Vous savez, dit Lewis, personne n'a souffert. Tout a été très vite.

— C'est encore heureux, dis-je, aigrement. Vous auriez très bien pu les découper avec un canif.

— Vous savez bien que non », dit-il tendrement, et il me prit la main. Je la lui laissai un instant, distraitement.

Puis je pensai que cette main chaude et maigre qui tenait la mienne avait tué trois personnes et je me demandai pourquoi cela ne me faisait pas plus horreur. Je me dégageai fermement.

« Ce garçon d'hier, vous vouliez le tuer aussi, n'est-ce pas ?

— Oui. Mais c'eût été idiot. J'avais pris une dose de L.S.D. bêtement et je ne savais plus ce que je faisais.

— Tandis qu'à jeun... Lewis vous vous rendez compte de ce que vous avez fait ? »

Il me regarda. Je détaillai ses yeux verts, sa bouche si bien dessinée, ses cheveux noirs, ce visage si lisse, j'y cherchai une trace de compréhension ou une trace de sadisme, je n'y vis rien. Rien qu'une tendresse sans bornes pour moi. Il me regardait comme on regarde un enfant nerveux qui fait un drame pour rien. Il y avait, je le jure, de l'indulgence dans les yeux de Lewis. Cela m'acheva : je me mis à sangloter. Il me prit dans ses bras, me caressa les cheveux, je le laissais faire.

« Entre vous et moi, murmura-t-il, qu'est-ce qu'on peut pleurer depuis hier soir ! »

11

NATURELLEMENT, j'eus une crise de foie. Dans les cas graves, j'ai régulièrement une crise de foie. Celle-ci dura deux jours et eut l'avantage de m'éviter complètement de penser pendant quarante-huit heures. J'en sortis dolente et décidée à tout arranger. Cela peut paraître peu, deux jours de nausées pour trois cadavres, mais seuls ceux qui ignorent la crise de foie peuvent me jeter la pierre. Quand je sortis de mon lit, les jambes molles, je ne pouvais plus supporter l'idée de la moindre contrariété, c'est tout. Dans ma tête, les meurtres de Lewis avaient à peu près rejoint en importance mes déclarations d'impôts. De plus, le malheureux avait passé deux jours à mon chevet, nanti de compresses, de cuvettes et de camomille, visiblement au comble de l'inquiétude et je ne pouvais pas mordre la main qui m'avait soignée.

Néanmoins, je décidai de mettre les choses au point une bonne fois avec lui. Dès que j'eus pu avaler un steak et un grand whisky, je convoquai Lewis dans le salon et lui adressai mon ultimatum :

1° Il s'engageait formellement à ne tuer strictement personne sans mon autorisation. (Il était évident que je ne la lui donnerais jamais, mais je trouvais plus habile de lui laisser un espoir.)

2° Il arrêtait de prendre ses petits sucres au L.S.D.

3° Il essayait pour de bon de se trouver une maison à lui.

Pour ce troisième point, j'éprouvais moins de confiance. Enfin, il s'engagea à tout, d'un air très sérieux. Là-dessus, ne voulant quand même pas vivre avec un sadique, je le questionnai habilement pour savoir quel effet lui avaient procuré ces trois crimes. Il me rassura un peu, pas énormément bien sûr, mais un peu : ça ne lui avait strictement rien fait. Pas de peine, évidemment, dit-il, puisqu'il ne les connaissait pas, mais aucun plaisir. C'était déjà ça. Autrement, il n'avait aucun remords, il ne faisait aucun cauchemar à ce sujet, bref aucun sens moral. Je commençais d'ailleurs à me demander ce qu'il advenait du mien.

Paul Brett était venu deux fois durant ma maladie, mais j'avais refusé de le voir. On n'est jamais aussi vilaine que pendant une crise de foie. L'idée de recevoir mon amant avec la peau jaune, les cheveux ternes et les yeux gonflés m'indignait. En revanche, la présence de Lewis ne me gênait aucunement. Sans doute parce qu'il n'y avait aucune sensualité entre nous. Et puis il m'avait dit qu'il m'aimait, ce fameux matin, sur un tel ton qu'il me semblait que j'eusse pu être couverte d'impétigo sans qu'il s'en souciât. C'était à la fois vexant et très flatteur. C'est ce que j'essayai d'expliquer à Paul quand il me fit de tendres reproches à mon retour aux studios :

« Vous avez laissé Lewis vous soigner et je n'ai même pas pu vous voir.

— J'étais hideuse. Vous ne m'auriez plus jamais regardée ensuite.

— C'est drôle, vous savez, j'ai mis très longtemps à croire qu'il n'y avait rien entre lui et vous, mais maintenant, j'en suis sûr. Mais enfin avec qui couche-t-il, ce garçon ? »

Je dus avouer que je n'en savais rien. Je l'avais cru dans les bras de l'ingénue du film, deux ou trois nuits, mais c'était justement les nuits où il trucidait Bolton, ou un autre. Pourtant Gloria Nash, la star qui montait en flèche, le numéro 1, maintenant que la pauvre Louella était morte, l'avait remarqué et lui avait même envoyé une invitation à une party où elle n'avait pu faire autrement que de me convier. Je demandai à Paul s'il y allait et il me répondit par l'affirmative.

« Je passerai vous chercher tous les deux. J'espère que cette petite sortie à trois finira mieux que la précédente. »

Je l'espérais vivement aussi.

« Quand même, que cette simple bagarre vous ait rendue malade à ce point, cela m'étonne. Vos crises de foie sont célèbres à Hollywood, Dorothy. Vous en avez eu quand Frank est parti avec Louella, une quand Jerry vous avait jetée dehors parce que vous l'aviez traité de sale avare, une quand votre chère secrétaire est tombée par la fenêtre. Mais c'était plus sérieux, si je puis dire.

— Que voulez-vous, Paul, je vieillis. »

Plus sérieux... s'il savait. Mon Dieu, s'il savait. J'imaginai sa tête une seconde et le rire me prit. C'est affreux à dire, mais je sanglotai de rire cinq minutes à cette simple idée. Mes nerfs avaient dû être légèrement atteints quand même ces temps-ci, Paul prit son air indulgent, patient, protecteur, américain, viril, et me tendit même son mouchoir pour essuyer mon rimmel en déroute. Enfin je me calmai, marmonnai quelque chose de stupide et l'embrassai pour le faire taire. Nous étions dans mon bureau, Candy était sortie, et il devenait très tendre. Nous convînmes de rentrer chez lui, le soir même, et je téléphonai à Lewis pour le prévenir de dîner sans moi. (Il ne tournait pas pendant une semaine.)

Il était à la maison, très gai, et s'amusait avec la Rolls. Je lui recommandai d'être bien sage et le fou rire faillit me reprendre. Il me jura de ne pas bouger jusqu'au lendemain matin. Dans une complète impression d'irréalité, j'allais dîner chez *Romanoff's*, avec Paul, rencontrai cinq cents personnes, « cinq cents personnes qui ne savaient pas ». Cela me stupéfiait. Ce ne fut que plus tard, dans la nuit, allongée près de Paul endormi, sa tête sur mon épaule, comme d'habitude, et son bras droit en travers de moi, que je me sentis soudainement affreusement seule et effrayée. J'avais un secret, un secret mortel, et je n'ai jamais eu une nature à secret. Je veillai jusqu'à l'aube ainsi, tandis que cinq kilomètres plus loin, dans son petit lit, mon meurtrier sentimental devait dormir paisiblement en rêvant de fleurs et d'oiseaux.

12

LE soir de la fameuse party chez Gloria Nash, nous nous fîmes spécialement élégants. Je mis une robe en paillettes noires, achetée à Paris un prix fou et qui me découvrait avantageusement le dos — lequel est encore un de mes atouts. Lewis, en smoking, les cheveux noirs bien lustrés, était superbe : il avait l'air d'un jeune prince, avec quelque chose de faunesque. Quant à Paul, il représentait le quadragénaire désinvolte et élégant avec sa blondeur un peu grise aux tempes et ses yeux ironiques. J'allais avec résignation froisser mes paillettes entre leurs deux smokings dans la Jaguar quand Lewis leva une main solennelle :

« J'ai une nouvelle pour vous, Dorothy. »

Je frémis intérieurement. Mais Paul se

mit à rire, avec l'air d'un homme au courant :

« C'est une vraie surprise, Dorothy. Suivons-le. »

Lewis sortit dans le jardin, s'installa dans la Rolls et appuya sur quelque chose. La Rolls fit un bruit doux et régulier, recula et vint se ranger devant moi. Lewis descendit précipitamment, fit le tour et m'ouvrit la portière avec une grande courbette. Je restai ébahie.

« Elle était quand même bien arrivée jusqu'ici, dit Paul en riant. Ne soyez pas si étonnée. Montez. Chauffeur, nous allons chez Mlle Gloria Nash, la vedette, Sunset Boulevard. »

Lewis démarra. A travers la glace de séparation je voyais dans le rétroviseur son œil enchanté, ravi, enfantin, qui se posait sur moi, anxieux de mon plaisir. Il y avait décidément des moments où la vie m'échappait. Je trouvai dans cette cage gigantesque un vieux cornet de téléphone et le portai à ma bouche :

« Chauffeur, comment cette Rolls marche-t-elle ?

— J'ai passé ma semaine de congé à l'arranger. Pour de bon. »

Je regardai Paul ; il souriait :

« Il m'en parle depuis trois jours. Je crois qu'il a douze ans. »

Il reprit le cornet :

« Chauffeur, je vous recommande de faire la cour à notre hôtesse ce soir. Votre indifférence serait mal interprétée. »

Lewis haussa les épaules, sans répondre. J'espérais désespérément que tout le monde serait exquis avec moi, ce soir-là, et que mon criminel ne se mettrait pas d'idées dans la tête. C'était d'ailleurs éprouvant, depuis dix jours, je ne cessais de lui faire des descriptions idylliques des gens, de verser des torrents de miel sur tous mes collaborateurs, tous mes amis, de lui représenter Hollywood, cette jungle infâme, comme le vert paradis des amours enfantines. S'il m'échappait une remarque caustique sur quelqu'un, j'évoquais aussitôt un service imaginaire qu'il m'avait rendu trois ans avant, bref, je deviendrais idiote ou folle très vite en admettant que ce ne soit pas déjà fait.

Gloria Nash nous attendait à la porte de sa petite maison de trente-deux pièces. Tout y était en ordre : les projecteurs dans le jardin, la piscine illuminée, les barbecues géants et les robes du soir. Gloria Nash est blonde, belle, cultivée. Malheureusement elle est née dix ans (au bas mot) après moi et ne cesse de me le rappeler de la façon la plus gracieuse : tantôt en s'exclamant « mais comment faites-vous, Dorothy, pour avoir ce teint ? il faudra que vous me disiez vos secrets, plus tard », tantôt en me regardant avec une expression de stupeur émerveillée comme si le fait de tenir debout à quarante-cinq ans tenait du prodige. C'est cette seconde attitude qu'elle adopta ce soir-là et je me fis un instant l'effet, sous son regard ahuri, de Toutankhamon égaré par hasard dans une party. Elle m'entraîna aussitôt pour me recoiffer bien que je n'en aie nul besoin, mais c'est un des rites les plus assommants et les plus immuables ici, cette manie qu'ont les femmes d'aller en groupe compact se recoiffer et se repoudrer toutes les dix minutes. En fait elle débordait de curiosité et me posa sur Lewis mille questions que j'éludai machinalement. Elle finit par s'agacer, fit quelques allusions que je ne relevai pas et se décida à l'attaque, en désespoir de cause, comme nous quittions son délicieux boudoir en toile de Jouy :

« Vous savez, Dorothy, que j'ai beaucoup d'affection pour vous. Si, si. Déjà toute petite, quand je vous avais vue dans ce film... euh... enfin, il faut bien que quelqu'un vous prévienne. Il court des drôles de bruit sur Lewis.

— Quoi ? »

Mon sang s'était glacé. Je dus émettre un vague cri en guise de question car elle sourit :

« Comme vous y tenez !... Il faut dire qu'il est follement séduisant.

— Il n'y a rien de sentimental entre lui et moi, dis-je. Quels genres de bruits ?

— Eh bien, les gens disent... vous savez comment sont les gens ici... Ils disent que Paul et vous et lui...

— Quoi ? Paul et lui et moi ?

— Vous êtes toujours entre les deux, alors forcément... »

Je compris tout à coup, je respirai :

« Oh ! ce n'est que ça, dis-je gaiement, comme s'il s'agissait là d'un enfantillage (et c'était bien l'effet que cela me faisait, cette idée d'orgie à trois, comparée à la sinistre vérité). Oh ! ce n'est que ça... ce n'est pas grave. »

Et laissant Gloria interloquée, je partis dans le jardin vérifier si Lewis, entre deux petits fours, n'avait pas trouvé le temps de poignarder quelqu'un qui n'aurait pas aimé ma robe de paillettes. Non. Il parlait sagement à une des commères d'Hollywood. Soulagée, je me lançai toutes voiles dehors dans la fête, au demeurant fort réussie. J'y retrouvai un certain nombre de mes anciens soupirants qui me firent tous la cour à leur manière, vantant ma robe et mon teint, et je commençai à croire qu'une bonne crise de foie était un moyen idéal de rajeunir. Il faut ajouter que je suis toujours restée en bons termes avec mes anciens amants, ils prennent tous des airs de regret en me voyant, murmurant des « Ah ! Dorothy, si vous aviez voulu », font des allusions discrètes à des souvenirs que je ne partage pas toujours, hélas ! ma mémoire devenant faible avec l'âge. Paul me surveillait de loin, souriant de me voir gambader de la sorte et une fois ou deux je croisai le regard de Lewis que Gloria semblait avoir sérieusement attaqué. Mais je ne m'occupais pas de lui. J'avais envie de m'amuser, j'avais eu assez d'émotions comme ça les jours précédents ; à moi le champagne, les parfums de la nuit californienne et les rires rassurants de ces bons et braves et beaux hommes d'Hollywood qui n'avaient jamais tué personne, eux, que je sache, ailleurs que dans les films.

J'étais donc gaie comme un pinson et légèrement éméchée quand Paul vint me retrouver, une heure plus tard. Roy Dardrige, le roi des westerns, m'expliquait, d'une voix plaintive, que j'avais gâché sa vie, quatre ou cinq ans plus tôt, et emporté par son émotion et le flot de martinis qu'il avait ingurgités, il toisa Paul d'un air belliqueux qui laissa ce dernier tout à fait indifférent. Il me prit par le bras et m'emmena un peu à l'écart.

« Vous vous amusez bien ?

— Follement. Et vous ?

— De vous voir rire, oui, même de loin. »

Cet homme était décidément délicieux. Je décidai de l'épouser le lendemain même, puisqu'il y tenait. Seule la règle inflexible que je me suis imposée de ne jamais formuler à haute voix mes décisions dans les soirées m'empêcha de le lui annoncer. Je me bornai à lui embrasser la joue, tendrement, profitant de l'ombre d'un magnolia.

« Comment va notre petit garçon ? »

Paul se mit à rire :

« Gloria le regarde comme un cocker regarde un os. Elle ne le quitte pas d'un centimètre. Décidément sa carrière semble bien assurée. »

« A moins qu'il ne tue le maître d'hôtel », pensai-je rapidement. Je décidai d'aller voir un peu ce qui se passait. Je n'en eus pas le temps : un hurlement s'éleva, près de la piscine, et je sentis pour une fois, comme dans les romans, mes cheveux se dresser sur ma tête malgré la laque qui les accablait :

« Qu'est-ce que c'est ? » dis-je d'une voix faible. Mais déjà Paul était parti en courant vers le cercle qui se formait plus loin. Je fermai les yeux. Quand je les rouvris, Lewis était près de moi, impassible.

« C'est cette pauvre Rena Cooper qui est morte », dit-il, paisiblement.

Rena Cooper était la commère avec laquelle il parlait une heure plus tôt. Je le regardai, horrifiée. Bien sûr, Rena n'était pas la bonté même, mais dans sa détestable confrérie, c'était une des mieux.

« Vous m'aviez juré, dis-je. Juré.

— Juré quoi ? »

Il avait l'air éberlué :

« Juré de ne plus tuer personne sans me demander la permission avant. Vous êtes lâche et sans paroles. Vous êtes un assassin patenté, un irresponsable. Vous me faites honte, Lewis, vous me faites horreur.

— Mais, dit-il, ce n'est pas moi.

— A d'autres, dis-je aigrement en secouant la main, à d'autres. Qui voulez-vous que ce soit ? »

Paul arrivait, l'air légèrement écœuré. Il me prit par le bras, me demanda la raison de ma pâleur. Lewis restait immobile, nous regardant, presque souriant, je l'aurais giflé.

« Cette pauvre Rena a eu une crise cardiaque de trop. C'était la dixième cette année. Le docteur n'a rien pu faire : elle buvait trop et il l'avait prévenue. »

Lewis écarta les mains, me fit le petit sourire narquois de l'innocent injustement accusé. Je respirai un peu. En même temps, je me rendis compte que je ne pourrai plus de ma vie voir un avis de décès dans un journal ou entendre parler d'une mort quelconque sans le soupçonner.

Le reste de la soirée fut évidemment un fiasco. La pauvre Rena fut emportée en ambulance et les gens se séparèrent très vite. Je me retrouvai à la maison, assez déprimée, avec Lewis. Il me donna un alka-selzer d'un air protecteur et me conseilla d'aller me coucher. J'obéis piteusement. C'est incroyable à dire, mais j'avais honte de moi. La moralité est une chose bizarre, soumise à trop de fluctuations, je n'aurais jamais le temps de m'en fabriquer une solide avant de mourir. Mourir cardiaque, moi aussi, sûrement.

13

IL y eut alors une période délicieuse de calme. Trois bonnes semaines s'écoulèrent sans la moindre anicroche. Lewis travaillait, Paul aussi, moi aussi, et nous dînions souvent ensemble, le soir, à la maison. Un week-end de beau temps, nous partîmes même sur la côte, à cinquante kilomètres de la ville, dans un bungalow désert que quelqu'un avait prêté à Paul. Il se dressait au-dessus de la mer, presque à pic sur des rochers, et il fallait descendre un petit sentier de chèvre pour pouvoir se baigner. La mer était très violente ce jour-là et Lewis et moi, paresseux, regardions généralement Paul se baigner tout seul. Il voulait faire le sportif comme tous les hommes de son âge bien conservés et cela faillit lui jouer un vilain tour.

Il nageait un petit crawl fort élégant, à trente mètres du rivage environ, quand un malaise le prit. Lewis et moi étions en robe de chambre, croquant des toasts sur la terrasse qui surplombait directement la mer de huit mètres. J'entendis la voix de Paul appeler faiblement, je vis sa main se lever et une énorme vague lui passer sur la tête. Je poussai un hurlement et me précipitai dans le petit chemin. Mais déjà Lewis avait enlevé sa robe de chambre et il avait plongé tout bonnement de huit mètres dans l'eau au risque d'arriver sur un rocher. Il rejoignit Paul, le ramena à terre en deux minutes. Quand Paul eut fini de vomir son eau salée, tandis que je lui tapotai bêtement le dos, je relevai les yeux et vis que Lewis était tout nu. Dieu sait le nombre d'hommes nus que j'ai pu voir dans ma vie, mais je me sentis rougir. Je croisai le regard de Lewis et il se leva d'un bond et courut vers la maison.

« Mon vieux, dit Paul, un peu plus tard, une fois réchauffé et lesté d'un grog, mon vieux, vous avez du courage. Ce plongeon... Je crois que sans vous, j'y restais. »

Lewis poussa un grognement, gêné bien entendu. Je pensai avec amusement que ce garçon passait son temps à ôter et sauver des vies humaines. Son nouveau rôle me plaisait plus que le précédent. Je me levai et l'embrassai sur la joue, impulsivement.

J'allais peut-être finalement arriver à en faire un bon garçon. C'était un peu tard, bien sûr, si l'on pensait aux pauvres Frank, Louella, etc., mais il y avait un espoir. Je fus un peu moins optimiste plus tard lorsque, profitant d'une absence de Paul, je le félicitai de sa bonne action :

« Vous savez, dit-il, froidement, personnellement, que Paul meure ou pas, ça m'était bien égal. »

Je restai ahurie :

« Alors pourquoi avez-vous risqué de vous tuer pour le sauver ?

— Parce qu'il vous plaît et que vous auriez eu de la peine.

— Si je comprends bien, si Paul n'avait pas été mon amant, vous l'auriez laissé se noyer sans bouger.

— Exactement », dit-il.

Je pensais qu'il avait décidément une étrange conception de l'amour. En tout cas que le sien, pour moi, ne ressemblait en rien à celles que j'avais jusqu'ici inspirées et où il se mêlait toujours une légère touche d'exclusivité. J'essayai d'insister :

« Mais vous n'avez aucune, euh... sympathie, aucune affection pour Paul, depuis trois mois ?

— Je n'aime que vous, dit-il, avec son

air sérieux et ne m'intéresse à personne d'autre.

— Justement, dis-je, est-ce que vous croyez que c'est très sain ? Un garçon de votre âge qui euh... qui plaît beaucoup aux femmes devrait de temps en temps... euh... je ne sais pas... moi...

— Vous voudriez que je tombe dans les bras de Gloria Nash ?

— Elle ou une autre. Ne serait-ce que d'un point de vue de santé pure, je crois meilleur pour un jeune homme qui... que... »

Je bafouillais. Qu'est-ce qui m'avait pris d'aller lui faire des discours de mère de famille ? Il me regarda d'un air sévère :

« Je crois que les gens font beaucoup trop d'histoires à ce sujet, Dorothy.

— C'est pourtant un des grands charmes de la vie, protestai-je faiblement tout en pensant que j'y avais consacré les trois quarts de mon temps et de mes pensées.

— Pas pour moi », dit Lewis.

Il avait repris, un instant, son regard opaque, cette tête de bête dangereuse et myope qui me faisait peur. Je cessai précipitamment la conversation. En dehors de ça, ce long weed-end nous avait fait le plus grand bien. Nous étions bronzés, détendus et de très bonne humeur en revenant de Los Angeles.

J'allais en avoir besoin. Trois jours plus tard, on finissait le film de Lewis, son fameux film de cow-boy et Bill Macley, le metteur en scène, donnait un verre sur le plateau pour fêter le dernier tour de manivelle. Cela se passait dans le faux village, tout en bois et tout en façades dans lequel Lewis avait traîné ses guêtres tout l'été. J'y arrivai vers six heures, un peu en avance, et retrouvai Bill dans le faux saloon, au milieu de la fausse grande rue. Il était visiblement de mauvaise humeur, excédé et assez grossier comme d'habitude. Son équipe préparait le plan un peu plus loin et il était seul, assis sur une table, l'œil mauvais. Il buvait beaucoup à ce moment-là, et on ne lui confiait plus que des films secondaires, ce qui le rendait hypernerveux. Il m'aperçut et je fus obligée de monter les deux marches poussiéreuses du saloon. Il eut un gros rire en me voyant :

« Alors Dorothy ? vous êtes venue voir tourner votre gigolo ? C'est sa grande scène aujourd'hui. Courage, il a un joli physique, ce petit-là, il ne vous coûtera pas cher bien longtemps. »

Il était ivre mort, mais je ne suis pas d'un naturel très patient, contrairement à ce que l'on pourrait croire. Je le traitai donc aimablement de sale bâtard. Il marmonna que si je n'étais pas une femme, il m'aurait déjà réduite en miettes et je le remerciai aigrement de se rappeler, même un peu tard, que j'en étais effectivement une.

« De toute façon, je vous signale que je suis fiancée avec Paul Brett, dis-je, d'un air pincé.

— Je sais. Tout le monde dit que vous faites ça à trois. »

Il éclata de rire et j'allai lui envoyer quelque chose à la figure, mon sac, par exemple, lorsqu'une silhouette s'encadra dans la porte. C'était Lewis. Aussitôt, je redevins exquise :

« Bill, mon chou, excusez-moi. Vous savez que je vous adore, mais je suis un peu nerveuse ces temps-ci. »

Malgré son état, il fut légèrement surpris mais enchaîna aussitôt :

« C'est votre sang irlandais, ça mène loin. Vous devez en savoir quelque chose, hein mon vieux ? »

Il lança une bourrade à Lewis et sortit. J'émis un petit rire nerveux :

« Cher vieux Bill... il ne pèche pas par la distinction, mais quel cœur d'or... »

Lewis ne répondit pas. Il était habillé en

cow-boy, avec un mouchoir autour du cou, mal rasé et l'air distrait.

« Enfin, ajoutai-je, c'est un bon ami. Quelle scène tournez-vous pour finir ?

— Le meurtre, dit Lewis tranquillement. Je tue le type qui a violé ma sœur, l'ingénue. Pourtant il lui fallait du courage, je vous l'assure. »

Nous nous rendîmes lentement vers le lieu du tournage. Lewis me quitta dix minutes pour se préparer. Je regardais. Bien que son équipe technique ait tout parfaitement préparé, Bill vociférait des insultes. Il n'était visiblement plus maître de lui-même. Hollywood l'avait démoli, à son tour, Hollywood et l'alcool. Les tables de cocktail étaient dressées dehors et déjà quelques assoiffés vidaient des verres. Nous devions être une centaine dans ce faux village, plus ou moins groupés autour de la caméra.

« Gros plan de Miles, hurla Bill. Où est-il ? »

Lewis vint tranquillement vers lui, il avait une Winchester à la main, et cet air distrait qu'il ne quittait jamais quand on l'ennuyait.

Bill se baissa, mit son œil à la caméra, jura longuement :

« Mal fichu, tout ça, mal fichu. Epaulez

Lewis, épaulez, visez-moi... Je veux votre visage en fureur, vous comprenez, en fureur... ne prenez pas cet air idiot, nom de Dieu : vous allez tuer le salaud qui a sauté votre sœur... Là, c'est très bien, ça... c'est très bien... vous tirez... vous... »

Je ne voyais pas Lewis, il me tournait le dos. Mais il tira et Bill mit les deux mains sur son ventre, le sang jaillit et il tomba. Il y eut une seconde complètement figée puis tout le monde se précipita. Lewis, l'air stupide, regardait la carabine. Je me détournai et me mis à vomir, contre un faux mur qui sentait le moisi.

Le lieutenant de police fut très courtois et très logique. Il était évident que quelqu'un avait remplacé les cartouches à blanc par des vraies, il était évident que ce quelqu'un faisait partie des mille personnes qui haïssaient Bill Macley, il était évident aussi que ce ne pouvait être Lewis, qui le connaissait à peine, et semblait assez sensé pour ne pas commettre un meurtre devant cent personnes. On le plaignit presque et on attribua son mutisme, son air farouche au choc nerveux : il n'est jamais drôle d'être l'instrument d'un crime. Nous sortîmes du poste de police vers dix heures, avec quelques autres témoins, et quelqu'un proposa d'aller prendre le verre qui nous avait échappé. Je refusai et Lewis me suivit. Nous fîmes tout le trajet sans dire un mot. J'étais au comble de l'épuisement, je n'étais même plus en colère.

« J'avais tout entendu », dit simplement Lewis, au bas de l'escalier, et je ne répondis rien. Je haussai les épaules, pris trois somnifères et m'endormis d'un coup.

14

Le lieutenant de police était dans mon salon, l'air très ennuyé. Il était bel homme d'ailleurs, les yeux gris, les lèvres pleines, un peu trop mince.

« Ce n'est qu'une pure formalité, vous le pensez bien, disait-il. Mais vous ne savez vraiment rien de plus sur ce garçon ?

— Rien, dis-je.

— Et il habite là depuis trois mois ?

— Eh oui ! »

J'esquissai un mouvement d'excuse :

« Vous devez penser que je manque de curiosité ? »

Il leva des sourcils noirs et sa figure arbora une expression similaire à celle que prenait Paul souvent :

« C'est le moins que je puisse dire.

— Voyez-vous, dis-je, je trouve qu'on en sait toujours trop sur les gens qu'on fréquente, c'est ennuyeux. On sait avec qui ils vivent, de quoi, avec qui ils couchent, ce qu'ils aiment penser d'eux-mêmes, euh... trop de choses quoi. Un peu de mystère est reposant, non ? Vous ne trouvez pas ? »

Visiblement, il ne trouvait pas ça reposant.

« C'est un point de vue, dit-il froidement. Un point de vue qui n'arrange pas mon enquête. Evidemment, je ne pense pas qu'il ait délibérément tué Macley. Il semble même qu'il était le seul que Macley ménageât. Mais c'est quand même lui qui a tiré. Et même pour sa carrière, devant le tribunal, il serait mieux qu'on puisse faire de lui le portrait le plus angélique possible.

— Vous devriez lui demander, dis-je. Je sais qu'il est né dans le Vermont, c'est à peu près tout. Voulez-vous que je le réveille ou voulez-vous un autre café ? »

C'était le lendemain du meurtre. Le lieutenant Pearson m'avait tirée du lit à huit heures. Lewis dormait encore.

« Je veux bien un autre café, dit-il. Madame Seymour, je m'excuse de vous poser la question aussi brutalement : qu'y a-t-il entre vous et Lewis Miles ?

— Rien, dis-je. Rien de ce que vous pourriez croire. A mes yeux, c'est un enfant. »

Il me regarda et brusquement sourit :

« Il y a bien longtemps que je n'avais pas eu envie de croire une femme. »

J'émis un petit rire flatté. En fait, j'étais horrifiée de laisser ce pauvre garçon, représentant de la loi de mon pays, cafouiller ainsi dans cette affreuse histoire. En même temps, je me disais que s'il avait été bedonnant, violacé et brutal, mes sentiments civiques auraient été moins forts. De plus, je n'avais pas complètement assimilé mes somnifères et je dormais debout.

« Ce garçon a une jolie carrière devant lui, dit-il. C'est un remarquable acteur. »

Je me figeais derrière ma cafetière.

« Comment le savez-vous ?

— Nous nous sommes fait projeter les rushes du film hier soir. Vous avouerez que c'est commode, pour un flic, un meurtre filmé en direct : ça évite la reconstitution. »

Il parlait par la porte de la cuisine. Je poussai un rire niais et me renversai de l'eau bouillante sur les doigts. Il continuait :

« On voit le visage de Lewis en gros plan : j'avoue que ça fait frémir.

— Je crois que ce sera un grand comédien, fis-je. Tout le monde le dit. »

Là-dessus j'attrapai la bouteille de scotch sur le Frigidaire et en avalai une grande rasade à même le goulot, en toute discrétion. Les larmes me vinrent aux yeux, mais mes mains cessèrent de trembler comme deux pauvres feuilles. Je revins dans mon living-room et servis le café très convenablement.

« Pour votre part, vous ne voyiez aucun motif à ce jeune Miles pour tuer Macley ?

— Pas le moindre », dis-je, fermement.

Ça y était, j'étais complice. Non seulement à mes propres yeux, mais à ceux de la loi. Les prisons de l'Etat me guettaient. Eh bien, tant mieux : j'irai en prison, je serai tranquille. Tout à coup je réalisais que si Lewis avouait, je serais non seulement complice, mais, aux yeux des gens, instigatrice de tous ses crimes et que c'était la chaise électrique qui me recueillerait. Je fermai les yeux un instant : décidément, le sort m'était contraire.

« Malheureusement, nous n'en voyions aucun non plus, dit la voix de Pearson. Excusez-moi : je veux dire malheureusement pour nous. Ce Macley était une brute, semble-t-il, et n'importe qui pouvait entrer au magasin d'accessoires et changer les cartouches. Il n'y a même pas de gardien. Cela risque d'être long. Et je suis claqué ces temps-ci. »

Il commençait à se plaindre, mais cela

ne me surprit pas. Tous les hommes que je rencontre, qu'ils soient flics, facteurs ou écrivains, finissent toujours par me raconter leurs soucis. C'est un don que j'ai. Jusqu'à mon percepteur qui me narre ses démêlés conjugaux.

« Quelle heure est-il ? » dit une voix ensommeillée, et Lewis apparut dans l'escalier, en robe de chambre, se frottant les yeux. Il avait visiblement dormi fort bien et la colère me gagna. Qu'il tue des gens à la rigueur, mais qu'au moins il accueille lui-même les policiers à l'aube au lieu de ronronner sur son oreiller. Je le présentai brièvement. Lewis n'eut pas l'ombre d'un sursaut. Il serra la main de Pearson, me demanda la permission de se servir de café d'un air confus, avec son petit sourire de biais, et je vis le moment où, dans sa somnolence, il allait me demander si je lui en voulais encore pour la veille. C'eût été complet. Je lui servis moi-même son café, il s'installa devant Pearson et l'interrogatoire commença. J'appris ainsi que ce doux meurtrier venait d'une fort bonne famille, que ses études avaient été brillantes, que ses différents patrons avaient été ravis de lui et que seul son goût du vagabondage, du changement, l'avait empêché de faire une brillante carrière. J'écoutai tout cela bouche bée. Ce garçon avait été un parfait citoyen, si je comprenais bien, avant de tomber dans les bras de Dorothy Seymour, femme fatale numéro 1, qui l'avait par quatre fois poussé au crime. C'était confondant : moi qui de ma vie n'ai tué une mouche sans un sentiment de gêne, moi chez qui les chiens, les chats et les gens perdus se précipitent. Lewis expliqua calmement qu'il avait pris la Winchester sur la table où on la rangeait d'habitude, dans le magasin, et qu'il n'avait même pas pensé à vérifier quoi que ce soit, étant donné qu'ils tiraient tous des coups de fusil dans toutes les directions depuis huit semaines de tournage sans le moindre accroc.

« Que pensiez-vous de Macley ? dit Pearson soudainement.

— Un ivrogne, dit Lewis. Un pauvre ivrogne.

— Quel effet cela vous a-t-il fait quand il est tombé ?

— Rien, dit Lewis froidement, j'étais étonné.

— Et maintenant ?

— Je le suis encore.

— Ça ne vous a pas empêché de dormir, l'idée d'avoir tué un homme ? »

Lewis releva la tête et le regarda en face.

Je sentis la sueur couvrir mon front tout à coup. Il se mordilla le doigt, eut un geste embarrassé des deux mains :

« Ça ne m'a rien fait du tout », dit-il.

Je savais que c'était vrai et, à ma grande stupeur, je vis que cela convainquait plus Pearson de son innocence que n'importe quoi. Il se leva, soupira, ferma son bloc-notes.

« Tout ce que vous m'avez dit avait déjà été vérifié cette nuit, monsieur Miles, ou à peu près. Je suis désolé de vous avoir dérangé, mais c'est le règlement. Madame, je vous remercie infiniment. »

Je le raccompagnai jusqu'au perron. Il marmonna quelque chose sur l'éventualité de prendre un cocktail un jour ensemble et j'acceptai précipitamment. Je lui fis un doux sourire lorsqu'il démarra, sourire qui me donna l'impression d'avoir cinquante-deux dents. Je rentrai en tremblotant à la maison. Lewis buvait son café à petites gorgées, l'air très content de lui, et la colère, après la peur, me submergea. J'attrapai un coussin, le lui jetai à la tête, puis quelques objets de médiocre valeur qui traînaient dans mon living-room. Je fis ça très vite, sans trop viser et, bien entendu, une tasse s'écrasa sur son front. Il se mit à saigner abondamment et j'éclatai en sanglots, une fois de plus. C'était la deuxième fois en un mois et dix ans.

Je tombai sur le divan.

Lewis avait la tête sur mes deux mains, je sentais le sang tiède qui coulait de mes doigts et je me demandais pourquoi je n'avais eu aucun pressentiment, six mois plus tôt, alors que je tenais cette même tête entre ces mains, sur une route déserte, à la lueur des flammes, et que le même sang coulait sur mes doigts. J'aurais dû le laisser là, m'enfuir ou l'achever. Tout en pleurant, je montai à la salle de bain, baignai sa coupure avec de l'alcool et lui mis un albuplast. Il ne disait rien, il avait l'air extrêmement penaud.

« Vous avez eu peur, dit-il enfin d'un air incrédule, vous n'êtes pas raisonnable.

— Pas raisonnable, dis-je, amèrement. J'ai sous mon toit un garçon qui a tué cinq personnes...

— Quatre, dit-il, modestement.

— Quatre... c'est pareil, à force, et un policier vient me réveiller à huit heures du matin... et vous ne trouvez pas raisonnable que j'aie eu peur... c'est le comble.

— Mais, ça ne risque rien, dit-il gaiement. Vous l'avez bien vu.

— En plus, dis-je, en plus... quelle est cette vie d'enfant modèle que vous avez eue ? Bon étudiant, bon employé, bon tout ?... de quoi ai-je l'air, moi ? De Mata-Hari ? »

Il éclata de rire :

« Je vous l'ai dit, Dorothy. Avant de vous connaître, je n'avais rien, j'étais seul. Maintenant que j'ai quelque chose à moi, je le défends, c'est tout.

— Mais vous n'avez rien à vous, dis-je, exaspérée. Je ne suis pas à vous, je ne suis pas votre maîtresse que je sache. Et vous savez bien que si l'on ne nous grille pas ou si l'on ne nous pend pas haut et court, j'ai l'intention d'épouser Paul Brett un de ces jours. »

Il se leva brusquement et me tourna le dos.

« Vous pensez, dit-il, d'une voix lointaine, que, lorsque vous aurez épousé Paul, je ne pourrai plus habiter avec vous ?

— Mais je ne crois pas du tout que ce soit dans les idées de Paul, commençais-je, il vous aime beaucoup bien sûr, mais... »

Je me tus brusquement. Il s'était retourné et il me regardait avec cet effrayant visage que je connaissais si bien à présent. Cette tête d'aveugle. Je me mis à crier d'une voix suraiguë :

« Non, Lewis, non. Si vous touchez à Paul, je ne vous verrai plus de ma vie. Plus jamais. Je vous détesterai, ce sera fini, vous et moi, fini. »

Fini, quoi ? je me demandai. Il passa la main sur son front, se réveilla :

« Je ne toucherai pas à Paul, dit-il. Mais je veux vous voir toute ma vie. »

Il monta l'escalier lentement, comme quelqu'un qui a reçu un coup bas et je sortis de la pièce. Le soleil éclairait joyeusement mon vieux jardin, la Rolls qui avait repris son rôle de statue, les collines au loin, tout ce petit monde qui avait été si paisible et si gai toute ma vie. Je versai encore quelques larmes sur ma vie brisée et rentrai en reniflant. Je devais m'habiller. Ce sergent Pearson était fort bel homme quand même, à la réflexion.

15

LE surlendemain, après deux jours de cauchemars où je passai le plus clair de mon temps à croquer de l'aspirine et où j'essayai même un tranquillisant, pour la première fois de ma vie, lequel d'ailleurs me jeta par terre moralement et me fit envisager le suicide comme une solution délicieuse à mes problèmes, le surlendemain, l'orage éclata. Plus exactement la tornade. Un typhon nommé Anna (avec cette exquise manie qu'on a ici de donner des petits noms charmants aux cataclysmes) arriva sur nos côtes. Je fus réveillée par le tremblement de mon lit à l'aube, puis le fracas de l'eau et j'en éprouvai une sorte d'amer soulagement. Les éléments s'en mêlaient, Macbeth n'était pas loin, la fin approchait. Je me mis à la fenêtre, vis passer quelques voitures vides sur la route transformée en rivière, suivies de quelques débris divers, puis je fis le tour de la maison et, par une autre fenêtre, je vis flotter la Rolls dans le jardin, comme un bateau de pêche. La véranda était juste au-dessus de l'eau, à un demi-mètre environ. Je me félicitai, une fois de plus, de n'avoir pas cultivé mon jardin amoureusement, il n'en serait rien resté.

Je descendis. Lewis était à la fenêtre, ravi. Il se précipita pour me donner du café avec ces yeux suppliants qu'il avait depuis le meurtre de Bill Macley : des yeux d'enfant qui voudrait qu'on lui pardonne une vilaine blague. Je pris aussitôt mon air altier.

« Impossible d'aller au studio aujourd'hui, dit-il gaiement. Aucune route n'est viable. Et le téléphone est coupé.

— Charmant, dis-je.

— Heureusement, j'ai acheté hier, chez Tojy, deux steaks et des cakes, ceux que vous aimez, ceux aux fruits confits.

— Merci », dis-je, dignement.

Mais j'étais enchantée. Ne pas travailler, traîner en robe de chambre, et ces gâteaux de Tojy qui sont délicieux... ce n'était pas si mal. En plus, je lisais un livre passionnant en ce moment, plein de fleur bleue et de délicatesse, qui me changeait agréablement des meurtres et du climat ambiant.

« Paul doit être furieux, dit Lewis, il voulait vous emmener à Las Vegas ce week-end.

— J'irai me ruiner un autre jour, dis-je. D'ailleurs, j'ai ce livre à finir. Et vous, qu'allez-vous faire ?

— De la musique, dit-il, puis je vous ferai la cuisine, puis nous pourrions jouer au gin-rummy, non ? »

Il était visiblement fou de joie. Il m'avait à sa merci pour la journée, il devait jubiler depuis le petit matin. Je ne pus m'empêcher de lui sourire :

« Faites un peu de musique pour commencer pendant que je lis. J'imagine que la télévision et la radio sont coupées aussi. »

J'ai omis de signaler que Lewis jouait souvent de la guitare, une musique lente et plutôt mélancolique, assez bizarre, et qu'il composait lui-même. Je l'ai oubliée parce que je ne suis absolument pas mélomane. Il prit donc sa guitare et commença ses accords. La tempête soufflait dehors, je buvais mon café bien chaud en compagnie de mon assassin favori, je ronronnais. C'est terrible, finalement, d'avoir le bonheur facile. C'est très astreignant, le bonheur, on ne peut pas plus s'y dérober qu'à la neurasthénie. On nage au milieu des pires ennuis, on se débat, on se défend, on est obsédé par une pensée et subitement le bonheur vous frappe au front comme un caillou ou un éclair de soleil et on se laisse aller en arrière, toute au plaisir d'exister.

La journée passa ainsi. Lewis me prit quinze dollars au gin, me laissa faire, Dieu merci, la cuisine, joua de la guitare, je lus. Je ne m'ennuyai absolument pas avec lui, il était léger comme un chat. Alors que souvent Paul, avec sa belle carrure, m'excédait un peu. Je n'osai imaginer ce qu'eût été cette même journée, dans ces mêmes conditions avec Paul : il aurait voulu arranger le téléphone, amarrer la Rolls, préserver les volets, finir avec moi mon scénario, parler des gens, faire l'amour, que sais-je... Des actes. Agir. Mais Lewis s'en fichait. La maison pouvait quitter ses amarres, décoller comme une arche de Noé, il était là languissant, heureux avec sa guitare. Oui, si j'y pense, ce fut une journée très douce au milieu de cette tornade nommée Anna.

A la nuit, les éléments redoublèrent leurs facéties. Les volets partirent dans le vent, les uns après les autres, comme des oiseaux, non sans des craquements lugubres. Dehors, on n'y voyait strictement rien. Je ne me rappelai pas avoir jamais assisté à quelque chose de tel dans ce pays. De temps en temps, la Rolls venait frapper à la porte ou contre le mur, comme un gros chien furieux d'être laissé dehors. Je commençais à avoir peur. Je trouvais que Dieu, dans son infinie bonté, en faisait un peu trop voir depuis quelque temps à son humble servante. Lewis, bien sûr, était enchanté, se réjouissait visiblement de mon air penaud et faisait le fier-à-bras. Un peu agacée, j'allai me coucher de bonne heure, pris ce qui devenait mes habituels somnifères — après toute une vie passée à éviter les médicaments — et essayai de m'endormir. En vain. Le vent sifflait à présent, comme une locomotive bourrée de loups, la maison craquait de tous côtés et vers minuit, elle craqua pour de bon. Le toit s'envola littéralement de dessus ma tête et je reçus une trombe d'eau sur le corps.

Je poussai un hurlement et enfouis en un réflexe stupide ma tête sous mes draps trempés, puis je me précipitai hors de ma chambre et tombai dans les bras de Lewis. Il faisait nuit noire. Il me tira vers lui et, à tâtons, je rentrai dans sa chambre où le toit, par miracle, avait résisté. (La maison avait été décapitée à demi par un coup de vent furieux et naturellement c'était moi qui avais reçu le paquet d'eau.) Lewis avait arraché une couverture de son lit et il me frictionnait comme un vieux cheval en me parlant d'ailleurs sur le ton que l'on emploie pour ces quadrupèdes quand ils ont peur. « Là... là... ce n'est rien... ça va passer... » Il descendit ensuite dans la cuisine à la lumière de son briquet pour chercher la bouteille de scotch et revint trempé jusqu'aux genoux.

« La cuisine est pleine d'eau, dit-il allégrement. Le divan flotte dans le salon avec les fauteuils. J'ai pratiquement dû nager pour attraper cette maudite bouteille qui flottait aussi, au hasard. C'est fou comme les objets ont l'air gai quand ils changent d'usage. Même le Frigidaire, si gros et si bête, qui se prend pour un bouchon. »

Je ne trouvais pas ça tordant, mais je sentais bien qu'il faisait ce qu'il pouvait pour me distraire. Nous étions assis sur son lit, grelottant, entortillés dans les couvertures, et buvant à la bouteille, dans le noir.

« Qu'allons-nous faire ? demandai-je.

— On va attendre le jour, dit Lewis, paisiblement. Les murs sont solides. Vous n'avez qu'à vous étendre dans mon lit sec et dormir. »

Dormir... Ce garçon était fou. Néanmoins la peur et l'alcool me faisaient tourner la tête et je m'étendis sur son lit. Il était assis près de moi, je distinguais son profil contre la fenêtre battante sur des nuages éperdus. Je commençais à me dire que cette nuit ne finirait jamais, que j'allais mourir, et un chagrin, une terreur enfantine me prenaient à la gorge.

« Lewis, suppliai-je, j'ai peur. Allongez-vous près de moi. »

Il ne répondit pas, mais au bout d'un instant, il fit le tour du lit et s'allongea à mon côté. Nous étions tous les deux sur le dos et il fumait une cigarette, sans parler.

A ce moment-là, la Rolls, soulevée par une vague plus grosse que les autres, se jeta contre le mur où nous étions. Le mur trembla avec un bruit atroce et je me jetai dans les bras de Lewis. Ce n'était pas réfléchi, mais il me fallait absolument un homme qui me serre dans ses bras et m'y tienne très serrée. Ce que fit Lewis. Mais, en même temps, il inclina son visage vers le mien et se mit à embrasser mon front, mes cheveux, ma bouche avec des baisers doux et réguliers, d'une tendresse incroyable. En même temps, il murmurait une sorte de litanie amoureuse autour de mon nom, litanie que je comprenais mal, enfouie comme je l'étais dans ses cheveux et contre son corps. « Dorothy, Dorothy, Dorothy... » sa voix ne couvrait pas le bruit de la tempête. Je ne bougeais pas, j'étais au chaud contre un corps chaud, je ne pensais vraiment à rien d'autre, sinon, confusément, que cela devait finir ainsi et que ce n'était pas bien grave.

Seulement cela ne pouvait pas finir ainsi et je le compris tout à coup. Et en même temps je compris ce qu'était Lewis et l'explication de tous ses actes. Et ces meurtres et ce fol amour platonique pour moi. Je me redressai vite, trop vite, et il me lâcha aussitôt. Nous restâmes immobiles un instant, pétrifiés l'un et l'autre, comme si un serpent se fût tout à coup glissé entre nous, et je n'entendais plus le vent, simplement les coups assourdissants de mon cœur.

« Ainsi vous savez », dit la voix de Lewis lentement...

Et il alluma son briquet. Je le vis à la lumière de la flamme, parfaitement beau, si seul, à jamais seul... Je tendis la main vers lui, envahie d'une pitié affreuse. Mais il avait déjà son regard d'aveugle, il ne me voyait plus, il lâcha son briquet, mit ses deux mains sur ma gorge.

Je ne suis absolument pas suicidaire, mais j'eus un instant envie de le laisser faire, je ne sais pourquoi. Cette pitié, cette tendresse que j'éprouvais me projetaient vers la mort comme vers un refuge. C'est probablement ce qui me sauva : je ne me débattis pas une seconde. La pression des doigts de Lewis me rappelant que l'existence était mon bien le plus précieux, je me mis à lui parler calmement, dans ce qui risquait d'être mon dernier souffle :

« Si vous voulez, Lewis... mais ça me fait de la peine. J'ai toujours aimé la vie, vous savez, et j'aime beaucoup le soleil et mes amis et vous Lewis... »

La pression de ses doigts continuait. Je commençais à suffoquer un peu :

« Qu'allez-vous faire sans moi, Lewis, vous allez vous ennuyer vous savez... Lewis, mon chéri, soyez aimable, lâchez-moi. »

Et, tout à coup, ses mains quittèrent mon cou et il s'abattit contre moi, sanglotant. Je l'installai confortablement sur mon épaule et je lui caressai les cheveux sans rien dire un long moment. Quelques hommes se sont effondrés au cours de ma vie sur mon épaule et rien ne m'attendrit et ne m'inspire plus de respect que ces sauvages et brusques chagrins masculins, mais aucun ne m'avait inspiré autant d'amour tendre que celui de ce garçon qui avait manqué me tuer. Il y a longtemps, Dieu merci, que j'ai renoncé à la logique.

Lewis s'endormit rapidement, terrassé en même temps que la tempête et je le gardai toute la nuit sur mon épaule, observant le ciel blanchir, les nuages disparaître et enfin se lever un soleil insolent sur une terre ravagée. Ce fut une des plus belles nuits d'amour de ma vie.

16

LE lendemain, j'avais néanmoins sur le cou quelques traces bleues du plus vilain effet. Je réfléchis un peu devant ma glace, pour une fois dans ma vie, et décrochai le téléphone.

Je dis à Paul que j'acceptais de l'épouser, ce qui sembla le combler d'aise. Puis j'annonçai à Lewis que j'épousais Paul, que j'allais partir sûrement un peu en Europe en voyage de noces et que je lui confiais la maison en mon absence. Le mariage eut lieu en dix minutes, avec Lewis et Candy pour témoins. Après quoi je bouclai mes bagages, pris Lewis dans mes bras et l'y gardai un long moment en lui promettant de revenir bientôt. Lui me promit d'être sage, de bien travailler et de désherber la Rolls tous les dimanches. Quelques heures plus tard, je volais vers Paris et en regardant par le hublot les ailes argentées de l'avion déchirer des cohortes de nuages gris-bleu, il me semblait émerger moi-même d'un cauchemar. La main de Paul tiède et dure était sur la mienne.

Nous ne devions rester qu'un mois à Paris. Mais Jay me télégraphia d'aller aider un malheureux esclave comme moi qui calait sur un script en Italie. De son côté, Paul avait des gens à voir à Londres où la R.K.B. montait une autre maison de production. Pendant six mois, nous fîmes la navette Londres-Paris-Rome, sans discontinuer. J'étais ravie : je rencontrais quantité de gens nouveaux, je voyais ma fille très souvent, je me baignais en Italie, je faisais la fête à Paris, à Londres, je me rhabillais de pied en cap, Paul était exquis à vivre et j'adorais l'Europe comme toujours. De temps en temps je recevais une lettre de Lewis qui me parlait puérilement du jardin, de la maison, de la Rolls, et se plaignait timidement de notre absence. La publicité faite autour de son premier film par la mort de Macley avait fait rebondir l'affaire. C'était Charles Vaugt, un très bon metteur en scène, qui avait été chargé de remanier le film, parfaitement loupé semblait-il par endroits, et Lewis avait donc repris son costume de cow-boy. Son rôle semblait s'être un peu agrandi. Mais, enfin, il écrivait ça d'une manière plutôt plaintive, aussi je tombai des nues, trois semaines avant notre retour, en apprenant que le film était merveilleux et que le jeune premier Lewis Miles avait de fortes chances pour l'Oscar tant son interprétation était remarquable.

Je n'étais pas au bout de mes surprises. En débarquant à Los Angeles, je trouvai Lewis à l'aéroport. Il se jeta à mon cou, puis à celui de Paul, comme un enfant, et commença à se plaindre amèrement. « On » n'arrêtait pas de l'embêter, « on » lui proposait tout le temps des contrats auxquels il ne comprenait rien, « on » lui avait même loué une énorme maison avec une piscine, « on » lui téléphonait tout le temps. Il semblait éperdu et furieux. Si je n'étais pas rentrée le jour même, il se serait enfui. Paul riait aux éclats, mais je trouvai effectivement que Lewis avait mauvaise mine et qu'il avait maigri. La grande soirée des Oscars avait lieu le lendemain.

Tout Hollywood était là, paré, masqué, éclatant, et Lewis eut l'Oscar. Il monta d'un air distrait sur la scène et je vis avec philosophie trois mille personnes applaudir à tout rompre un meurtrier. On se fait à tout. Après la remise des Oscars, une grande soirée organisée par Jay Grant avait lieu dans la nouvelle demeure de Lewis. Jay, visiblement très fier de lui, me fit tout visiter : les penderies bourrées de costumes neufs pour Lewis, les garages où dormaient les voitures neuves plus ou moins offertes à Lewis, les appartements où dormirait Lewis, où recevrait Lewis. Celui-ci suivait en marmonnant. A un moment, je me tournai vers lui :

« Vous avez déménagé vos vieux blue-jeans, déjà ? »

Il secoua négativement la tête d'un air horrifié. Pour le héros de la soirée, il semblait singulièrement détaché. Il se bornait à me suivre pas à pas, se refusant, malgré mes injonctions, à s'occuper de ses hôtes, et je commençais à surprendre certains regards, certaines réflexions qui me poussèrent à accélérer notre départ. Je pris Paul par le bras, profitant de ce que quelqu'un accaparait Lewis, et lui chuchotai que j'étais fatiguée.

Nous avions décidé d'habiter chez moi, en tout cas provisoirement, car l'appartement de Paul était au centre de la ville alors que je ne supportais que la campagne. Il était près de trois heures du matin et nous effectuâmes une retraite discrète jusqu'à la voiture. Je regardai l'énorme maison illuminée, les reflets de l'eau dans la grande piscine, les silhouettes des gens sur les fenêtres, et je me dis qu'un an avant, à peine, nous rentrions par cette même route lorsqu'un jeune homme s'était jeté sur le capot de la voiture. Quelle année !... Enfin, tout finissait bien, sauf pour Frank, Louella, Bolton et Macley, bien sûr.

Paul effectua une marche arrière savante entre deux Rolls, neuves celles-là, et démarra doucement. Et, comme un an auparavant, un jeune homme vint se jeter contre la voiture, les bras ouverts, dans la lumière des phares. Je poussai un cri de stupeur et Lewis se précipita de mon côté, ouvrit la portière, me prit les deux mains. Il tremblait comme une feuille :

« Emmenez-moi à la maison, dit-il d'une voix hachée. Emmenez-moi, Dorothy, je ne veux pas rester là. »

Il appuyait sa tête sur mon épaule, puis la relevait avec de longues aspirations d'air comme quelqu'un qui a reçu un coup.

Je balbutiai :

« Mais voyons, Lewis, votre maison, c'est ici maintenant. Et tous ces gens qui vous attendent...

— Je veux rentrer à la maison », dit-il.

Je jetai un coup d'œil vers Paul. Il riait silencieusement. Je fis un dernier effort.

« Pensez au pauvre Jay qui s'est donné tant de mal... il va être furieux que vous partiez comme ça.

— Celui-là, je le tuerai », dit Lewis, et je sursautai.

Je me poussai aussitôt et Lewis se laissa tomber près de moi sur le siège. Paul démarra et nous étions de nouveau tous les trois sur la route, moi complètement ahurie. Néanmoins, je fis un petit discours moral à Lewis en lui expliquant que ça allait pour ce soir, parce qu'il était nerveux et qu'il y avait de quoi, mais qu'il faudrait qu'il rentre chez lui dans deux, trois jours, que les gens ne comprendraient pas qu'il n'habite pas cette merveilleuse maison, etc.

« Je pourrais habiter chez vous et on irait tous se baigner là-bas », dit-il d'une voix raisonnable.

Là-dessus, il s'endormit sur mon épaule. Nous le descendîmes pratiquement de la voiture, nous le montâmes dans sa vieille petite chambre et nous le couchâmes. Il ouvrit un peu les yeux, me regarda, me sourit et se rendormit d'un air béat.

Nous passâmes dans notre chambre,

Paul et moi, et je commençai à me déshabiller. Puis je me tournai vers Paul :

« Vous croyez que nous l'avons pour longtemps ?

— Pour la vie, dit Paul négligemment. Vous le savez bien. »

Il souriait. Je protestai faiblement, mais il me coupa :

« Vous n'êtes pas heureuse comme ça ?

— Si, dis-je, très. »

Et c'était vrai. Evidemment, j'aurais sûrement du mal à empêcher Lewis de tuer des gens de temps en temps, mais avec un peu de surveillance et de chance... « on verrait bien ». Cette formule maudite me détendit, comme toujours, et je me dirigeai vers la salle de bains, en chantonnant.

Pas même un os à ronger

La laisse

Françoise Sagan

Vincent, musicien raté, velléitaire et superficiel, est le captif, tenu en laisse, de Laurence, son épouse, grande bourgeoise égoïste et capricieuse qui lui voue une passion dévorante. Le succès aussi inattendu que phénoménal d'une de ses compositions va pourtant lui offrir l'occasion de secouer le joug de la servitude. Jusqu'à ce que les manœuvres de Laurence, aidée d'un agent véreux, le dépossèdent de ses droits. Les frasques de Vincent – alcool, courses de chevaux, prostituées – n'y changent rien : Laurence tient sa proie et ne la lâchera pas. Jusqu'à cette dernière nuit d'amour…

(Pocket n° 3548)

Quatuor en fuite

Les faux-fuyants
Françoise Sagan

Juin 1940 : les Français se pressent sur les routes de France, fuyant l'invasion allemande. Bruno, fils de bonne famille, désargenté et gigolo ; Loïc, diplomate homosexuel ; Lucie, épouse délaissée d'un brillant homme d'affaires et Diane, reine du Tout-Paris, se dirigent ensemble vers Lisbonne, au volant d'une somptueuse limousine. Soudain, une rafale de mitrailleuse immobilise le véhicule. Secourus par des paysans, les quatre citadins se retrouvent coincés dans une ferme au confort spartiate...

(Pocket n° 2867)

Il y a toujours un Pocket à découvrir

POCKET – 12, avenue d'Italie – 75627 Paris Cedex 13

Dépôt légal : septembre 2009

Imprimé en France par EPAC Technologies
N° d'impression : 4550414327319
Dépôt légal : septembre 2009